U0006073

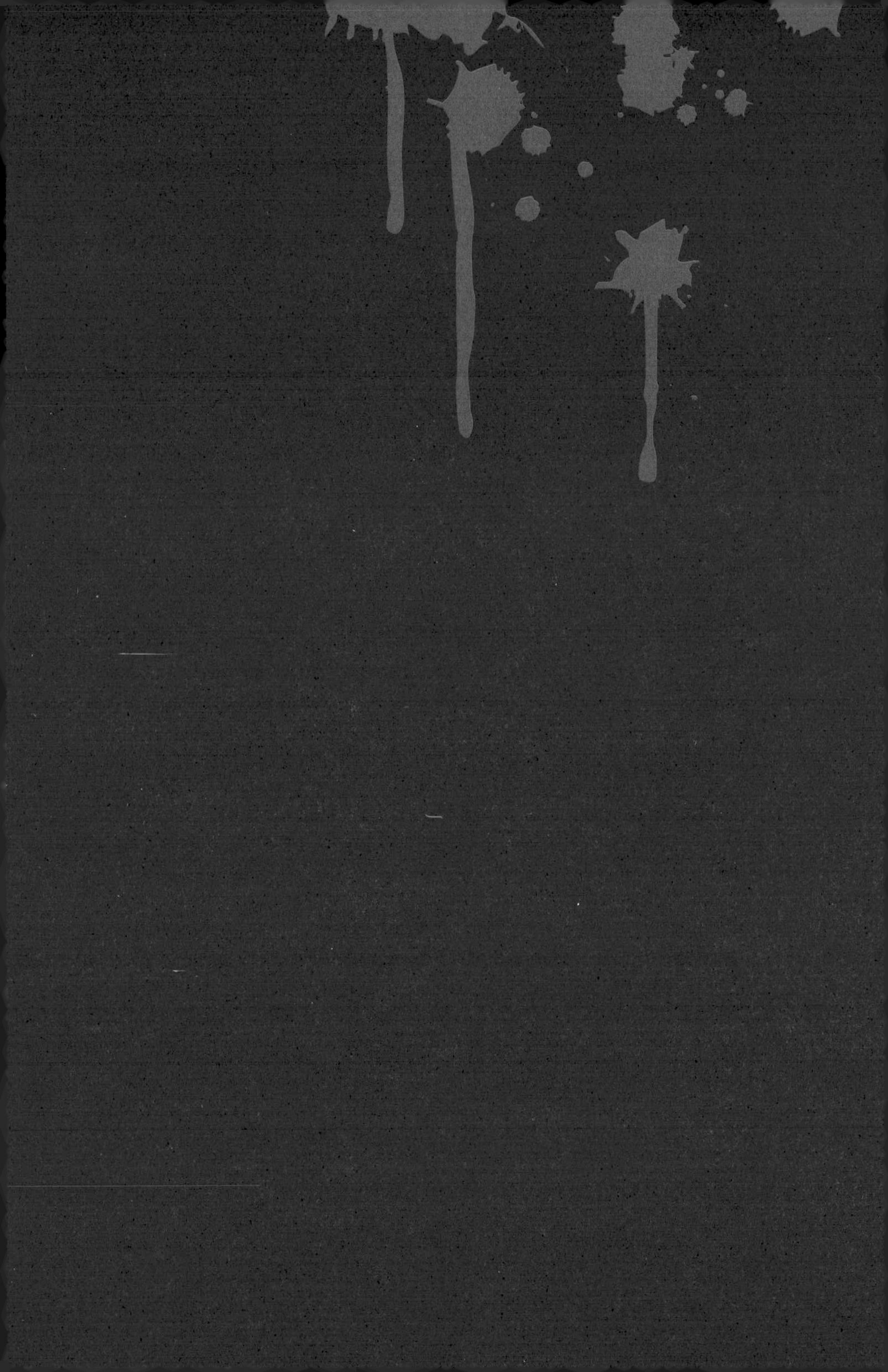

百鬼夜行誌
校靈卷
阿慢 著

影視文學界好評讚賞

演員

嚴正嵐

阿慢的幽默是恐怖故事的陽光，
晒到不會後遺症。

華文靈異天后

笭菁

校園不思議傳說幾乎陪伴著每個人長大，大家總是帶著又期待又怕受傷害的心理先聽說、再討論，最後去探險！從校園一角到泳池、從電梯到苦戀的女孩，阿慢用詼諧但驚悚的角度，畫出我們每個人，與鬼，曾經的美好校園生活！

日下棗

生動可愛的畫風，描繪出恐怖情節與都市傳說，時而嚇人，時而搞笑，使得發展充滿未知，結尾帶來的反轉也驚喜連連，讓人興致滿點，想趕快閱讀下去！

蠢羊與奇怪生物

臺南真的好熱！這本書涼涼的，買個十本放在家裡，勝過裝一臺冷氣（？）

值日生：

囂搞

鬼月沒有阿慢的新書，就像排骨便當沒有滷蛋一樣，少了那麼一味！

前言

去年鬼月

今年鬼月又不出書了嗎？

生我者父母，知我者主編大人也！

拿去吧！

該不會是
再不出書……

就要我……
切掉手指……

怎麼會呢！
手指可是作家的性命。
說得也是呢～

給我切掉你的小〇〇！

畫！我畫！

哈囉，各位，真的好久不見啦！
一直沒有出書，真是非常抱歉啊……

關於學校裡的那些傳說
你聽過幾個呢？

這次我將帶來更多恐怖又有趣的校園鬼故事
來跟大家見面囉！

請大家好好享受這次的《校靈卷》吧！

注意……
請不要在學校一個人翻閱哦……

目次

女鬼橋

2……
3……
阿慢，你聽過嗎？
我們學校的鬼故事……
學 大
女鬼橋？

那是什麼啊？
在學校男宿那邊，
有一座小橋，

很久以前，
有一對非常恩愛
的情侶，

因為得不到雙方
家長的支持，
在無計可施
的情況下，

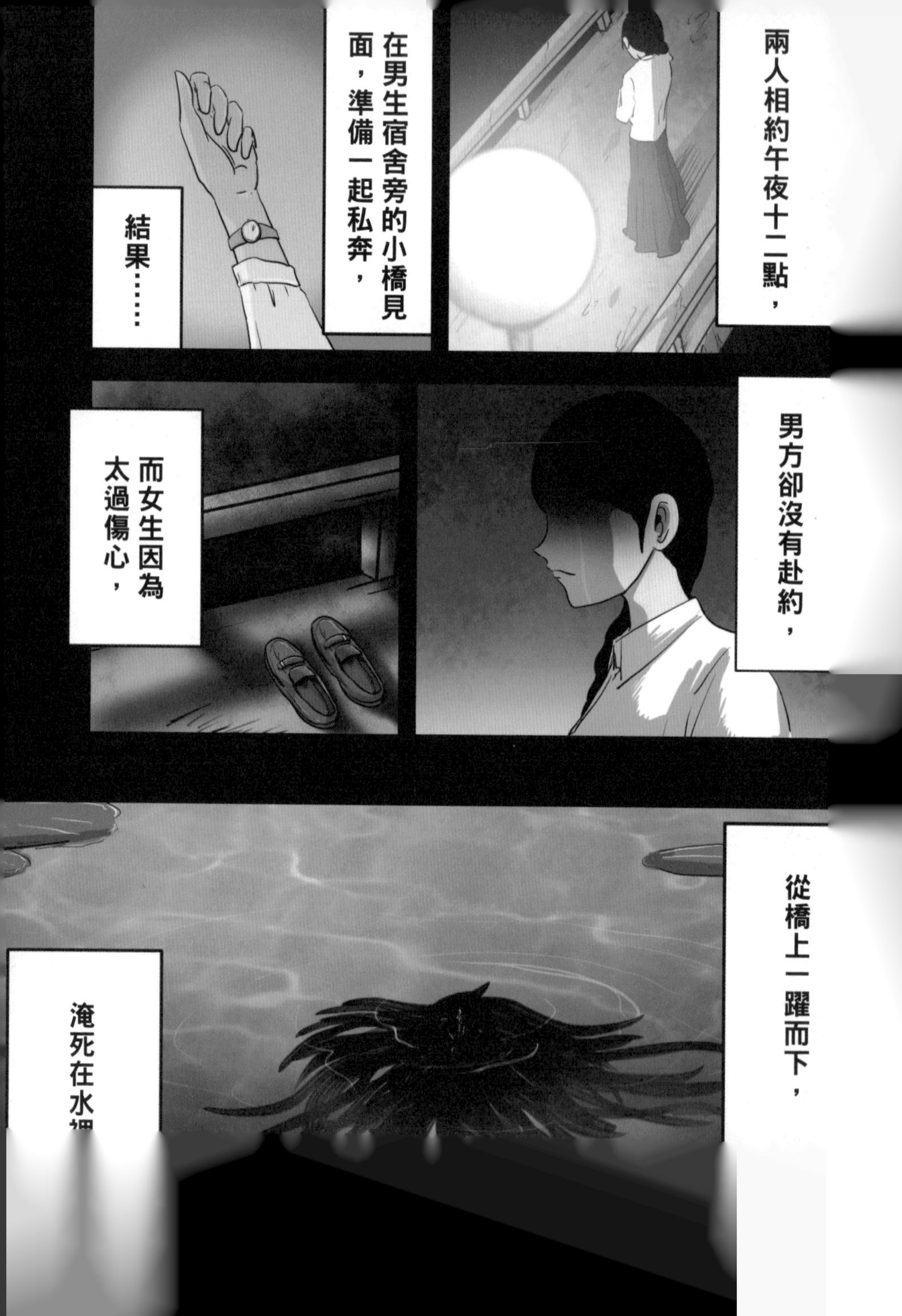

兩人相約午夜十二點，

在男生宿舍旁的小橋見面，準備一起私奔，

結果……

男方卻沒有赴約，

而女生因為太過傷心，

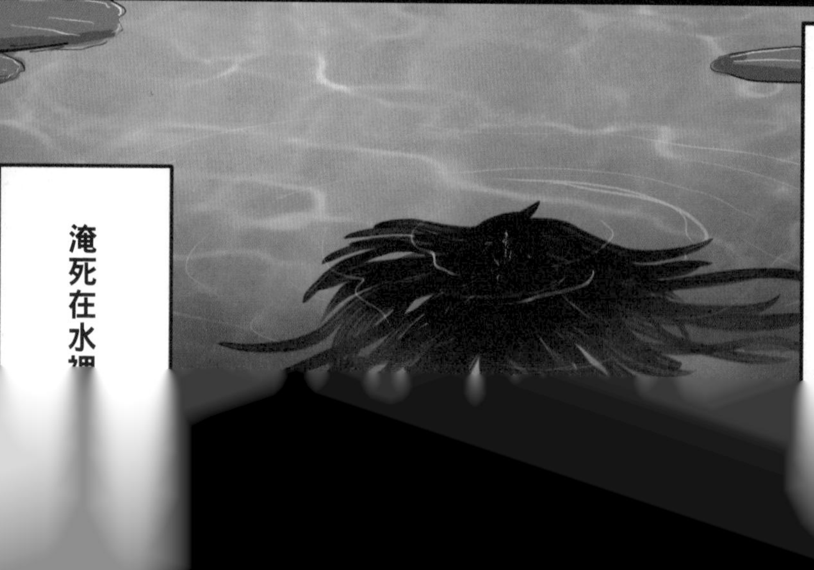

女鬼橋連結的階梯
原本有十三階，

從那之後，每到半夜
十二點，
就會莫名多
出一階，

這時候在階梯上，
無論發生什麼事情，
千萬別回頭！
因為，

女鬼可能已經出
現在你身後……
13……

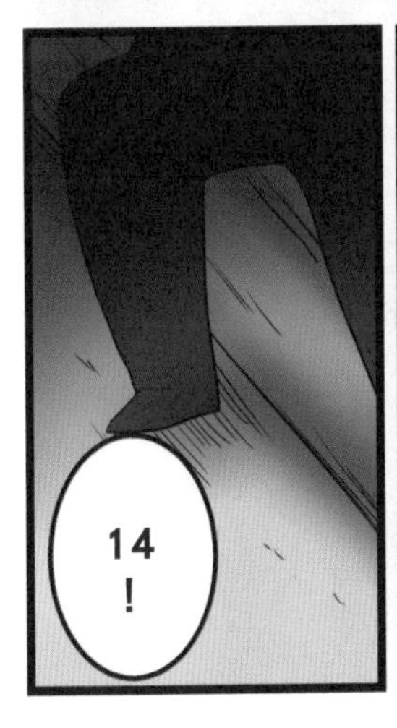
14！

欸？

怎……怎麼回事啊？

這不是傳說而已嗎？

不要緊，什麼事情都沒有發生，
不要回頭就……

好……
啪！

哇啊啊啊啊！
不要回頭！
不要回頭！

快一口氣衝回宿舍，以後再也別玩這種蠢遊戲了……

欸？

碰！

好痛……
誰啊？
橫衝直撞的，
到底有沒有在看路啊！
不、不好意思……

啊哈哈哈！
你真的相信啦？

全都是假的？

當然啦！

女鬼橋下面充其量就只是個大排水溝，
水深連腳踝都不到，怎麼可能淹死人啦！

可是剛剛有人拍我肩膀……
那座橋是連結宿舍跟學校的小徑，

附近本來就有很多草叢樹木，
很容易被樹枝勾到或是落葉砸到，

大部分都是自己嚇自己啦！

通常都是學長姐拿來騙騙學弟妹的！
可惡！

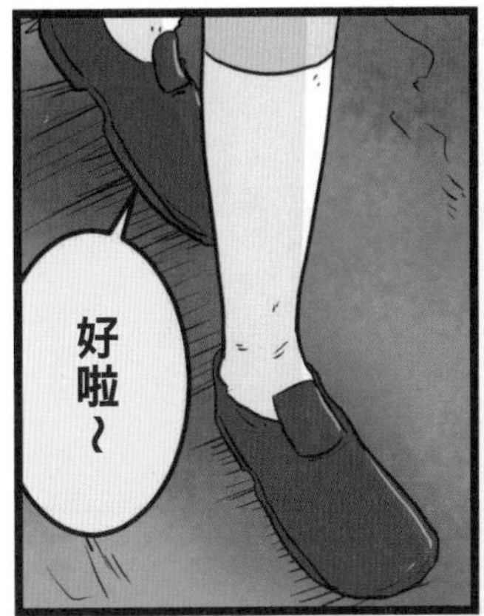
好啦～

時間不早，我要回去囉！
學弟你也趕快回樓上宿舍吧！

謝謝學姐，那麼晚安囉！

對了，學弟！
怎麼啦？
學姐……
!?
嚇我一跳，怎麼
突然抱住我……

忘了跟你說，
其實學校裡，
有一個傳說
是真的……
等等……
為……
為什麼我還在
女鬼橋這裡？
我明明已經回到
宿舍外的階梯了啊！
難道……我根本
就沒離開過女鬼橋?!

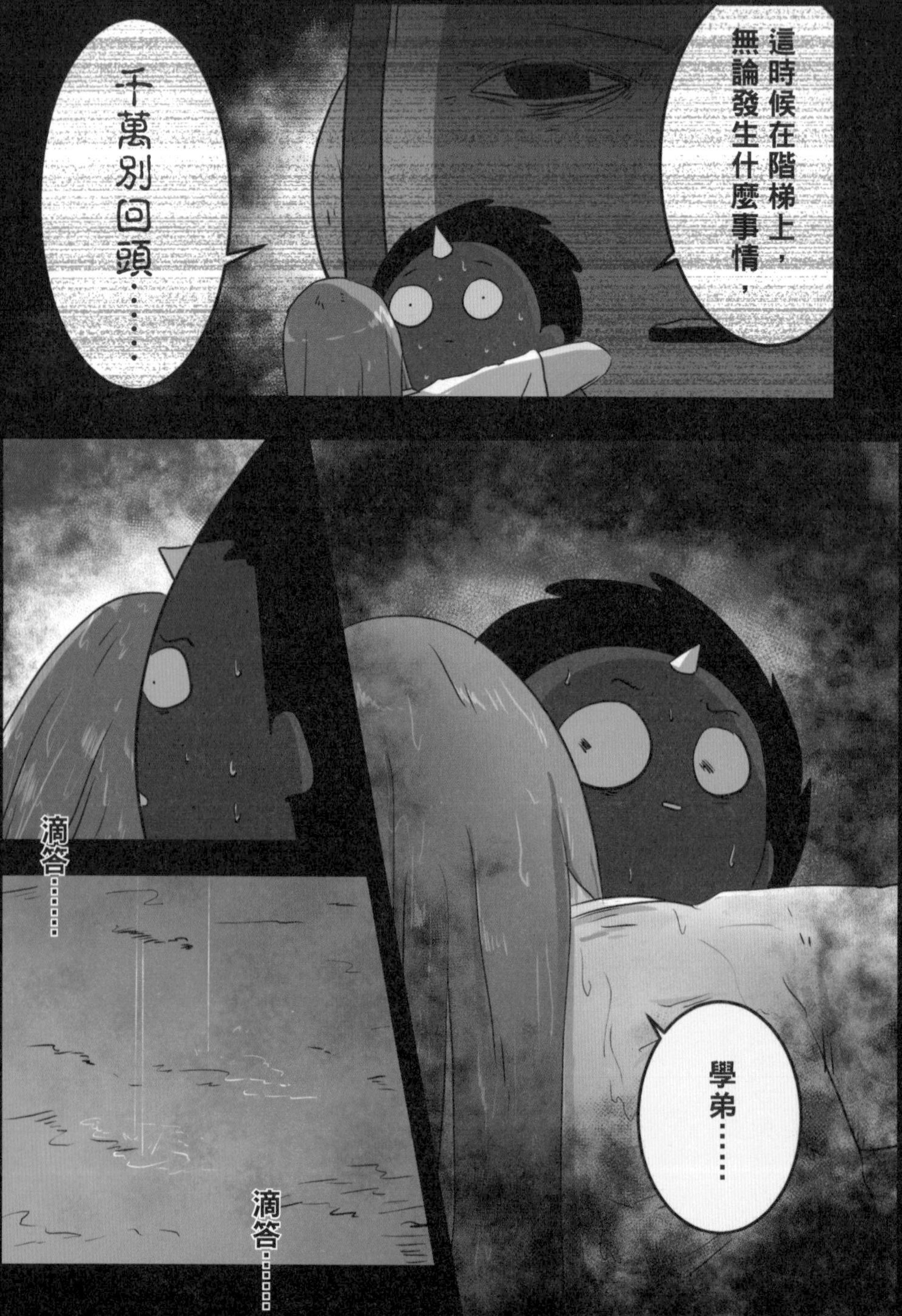

學弟……

滴答……

滴答……

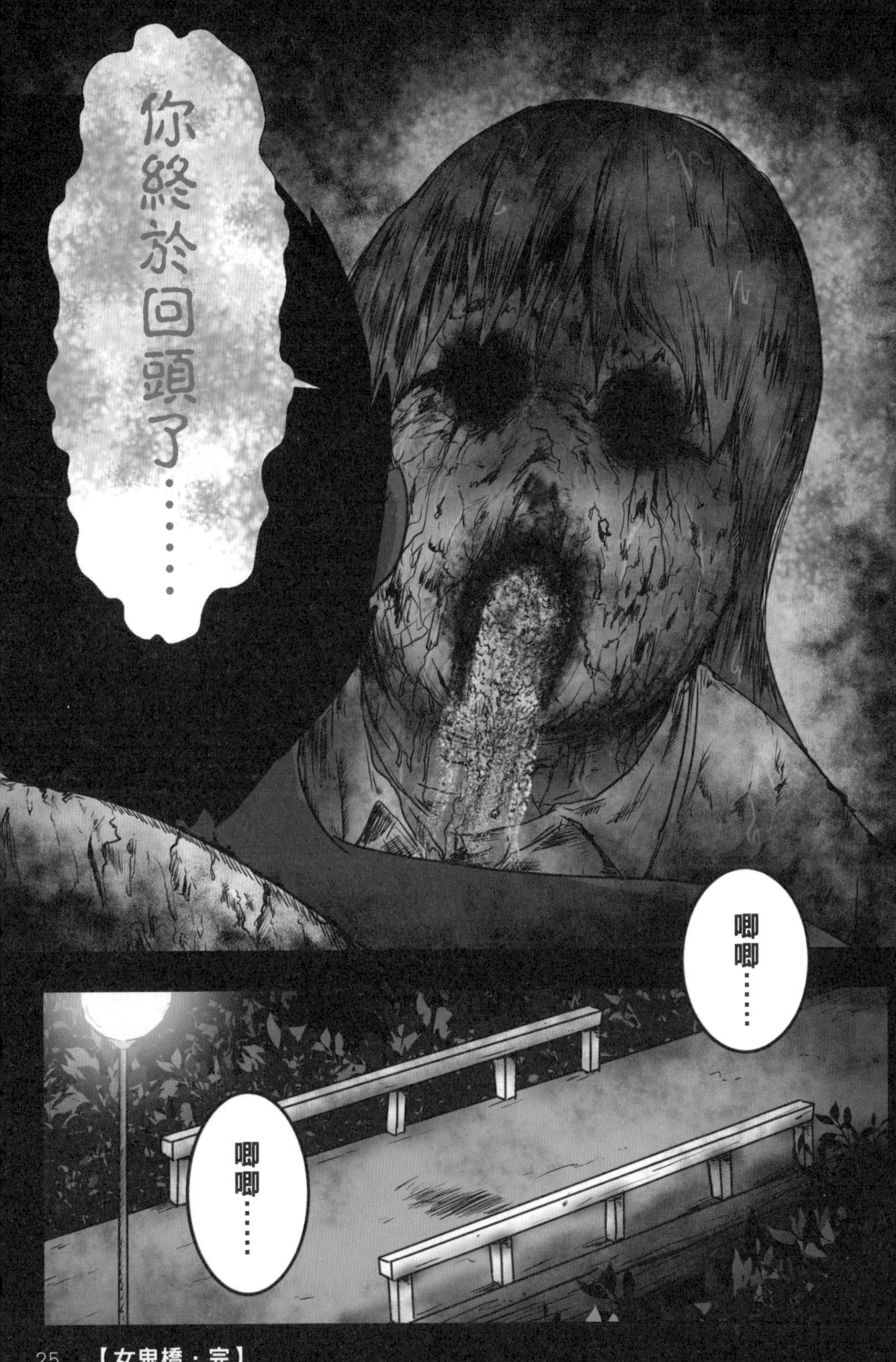

【女鬼橋・完】

終於有女生
肯抱我了～
感動

通往地獄的電梯

教官
暑假快到了，今天要多巡查一下，

先去搭電梯吧……

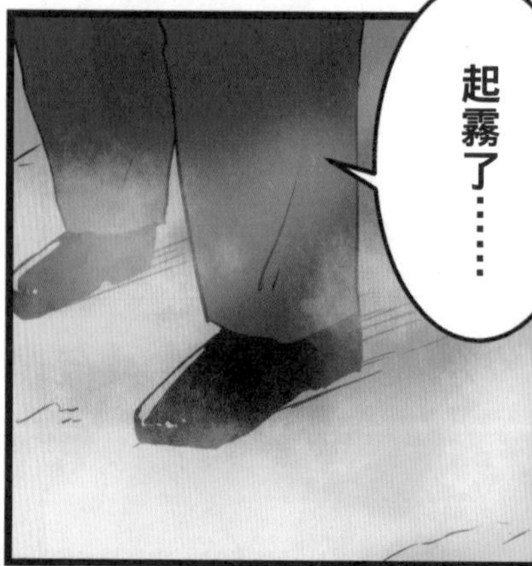
起霧了……

學校蓋在山上，
每次一到冬天，
就會白茫茫的一片，
又因為風大，
霧總是會飄進
教室裡。
到了！
就是這部吧！
同學們之間
謠傳……

會通往地獄的電梯……

喀嘰
嗚哇！
連開門的聲音聽起來都快壞掉了，
喀嘰
鏡子也好髒……

先去頂樓
看看好了……

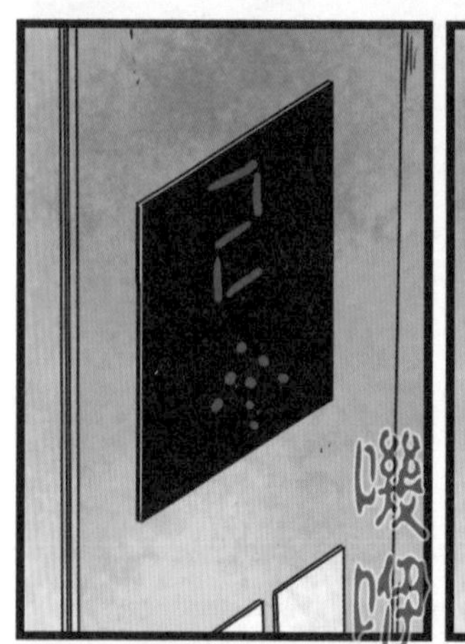
嘰咿

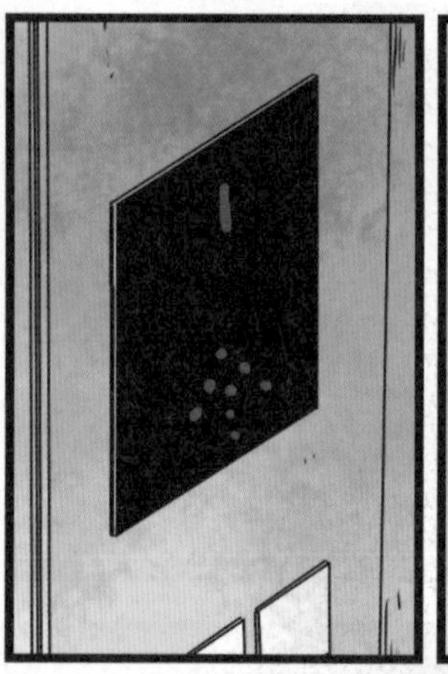

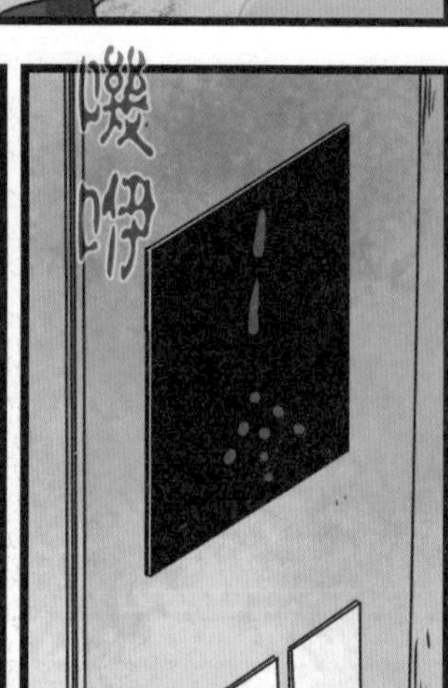
嘰咿

叮咚！

嘰咿

這麼快就到啦……
四樓？
為什麼會停在這裡呢？
開門
難道有人要進來？

碰！
哇！
嚇我一跳！
怎麼突然關門……
嘰
嘰
咦？
我沒按電梯啊……
搞什麼啊！

咦？
嘰
嚀
嚀
為什麼還在往下？
這裡根本就沒有地下室啊！
嘰
嚀
嚀
嚀
停……停下來啊！

叮咚
呼……
地下……
十八樓……
呼……
不會吧……

難道說，真的通到地下十八層地獄了……

轉頭
碰！

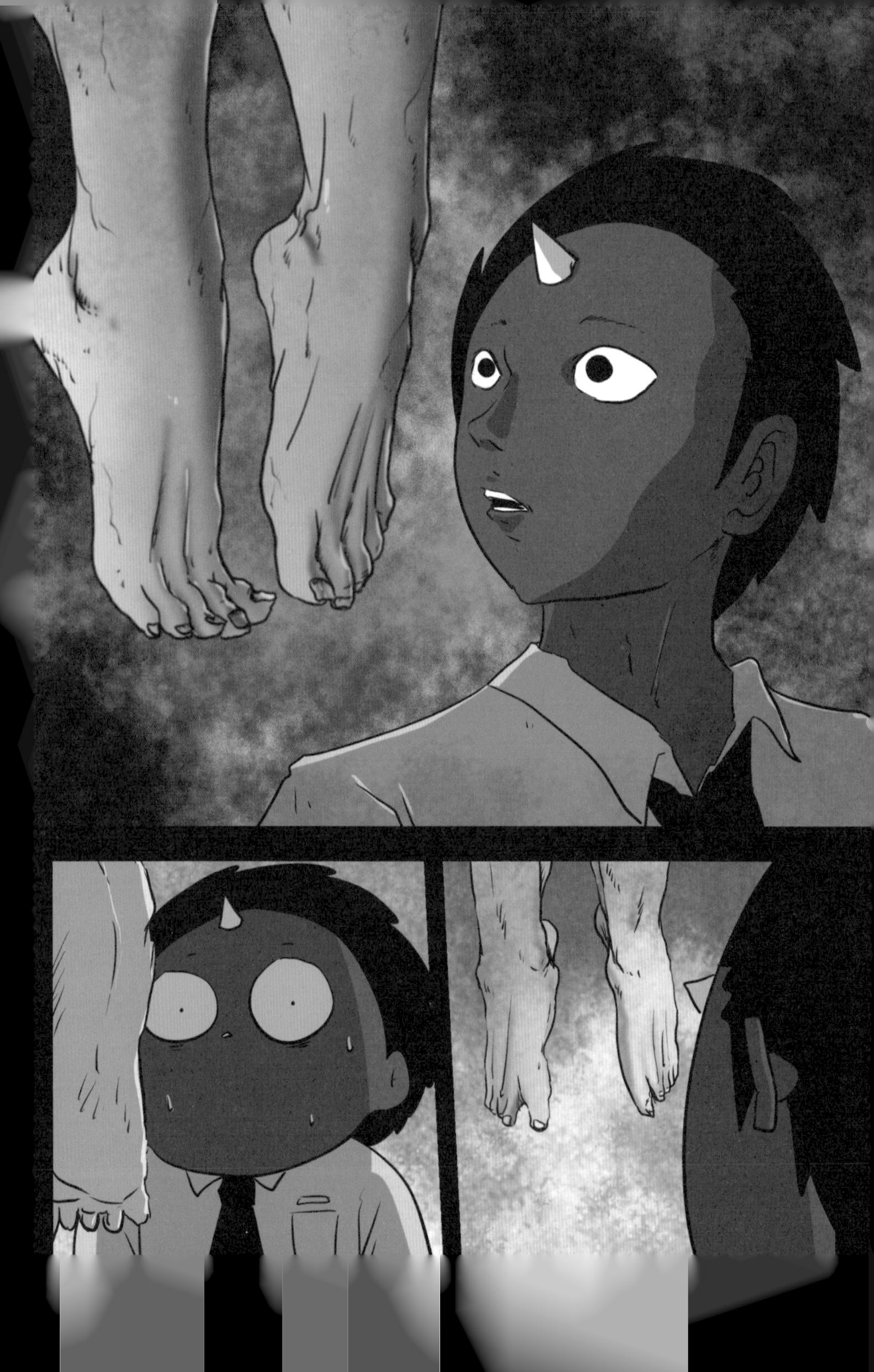

轉身

為什麼背後有腳懸空啊……

見鬼了嗎？

碰！

南無……
南無……
喂……你怎麼進來……
哇啊啊！
別過來！
混帳！
欸……？

啊……大哥……

你在天花板上修電梯啊……

那天真的在電梯裡，
差點去到地獄。

【通往地獄的電梯・完】

去到地獄的瞬間，
爺爺……
給我滾回去！
被過世的爺爺給打了回來。

消失的入口

抱歉啦……

學校宿舍都關門了，
我們要睡哪裡啊？

看來只好找間教室，待到宿舍開門為止……
奇怪……

怎麼了？
你有聽到嗎？

游泳玩水的聲音……

碰！

喂！猴子！

不行，門都是鎖住的……

這裡這裡！

嘩啦……

入口也太隱密了吧……

真的有人在裡面玩水的聲音耶！
嘩啦……
嘩啦……

哇……

是室內游泳池耶！
奇怪，剛剛還聽到有人玩水的聲音，
怎麼沒看到人呢？

哇！
超冰涼的！

阿慢！
要不要來
游泳啊？

喂！不好吧！
要是被發現……

大半夜的，
沒關係啦！

啊……

怎麼了……
猴子！
噗通
你還好嗎……

當時我嚇得
連滾帶爬跑出去，
跑到外面時，
轉頭一看，
什麼?!
入口……
消失了……

朋友失蹤後，才聽人家說，
學校裡的室內游泳池，
因為淹死過太多學生，
老早就改建成禮堂，
泳池則是被深埋在地板下方，
根本不可能看到游泳池……
我曾經再度去尋找那個消失的入口，
卻怎樣也找不到。

【消失的入口・完】

九又四分之三月臺？

夜遊

真是的，

怎麼那麼慢啊！

抱歉抱歉！

學校裡面居然
有這種地方！

以前是日軍的病院，
大概有百年歷史，
本來一直都
由軍方管制，
後來轉交給大學設立人文社
會科學院後，才對外開放，
不過話說回來，我們
學校真的很陰森呢！

據說那塊地以前是
日軍刑場的位置，

為了鎮壓
那些冤魂，

才將宿舍蓋成
「人字形」的外觀。

不過還是傳出許多靈異事件，
記得當時有位住宿的學長，
晚上正在讀書的他，
突然感覺到背後有人走動，
誰啊？
轉頭一看，

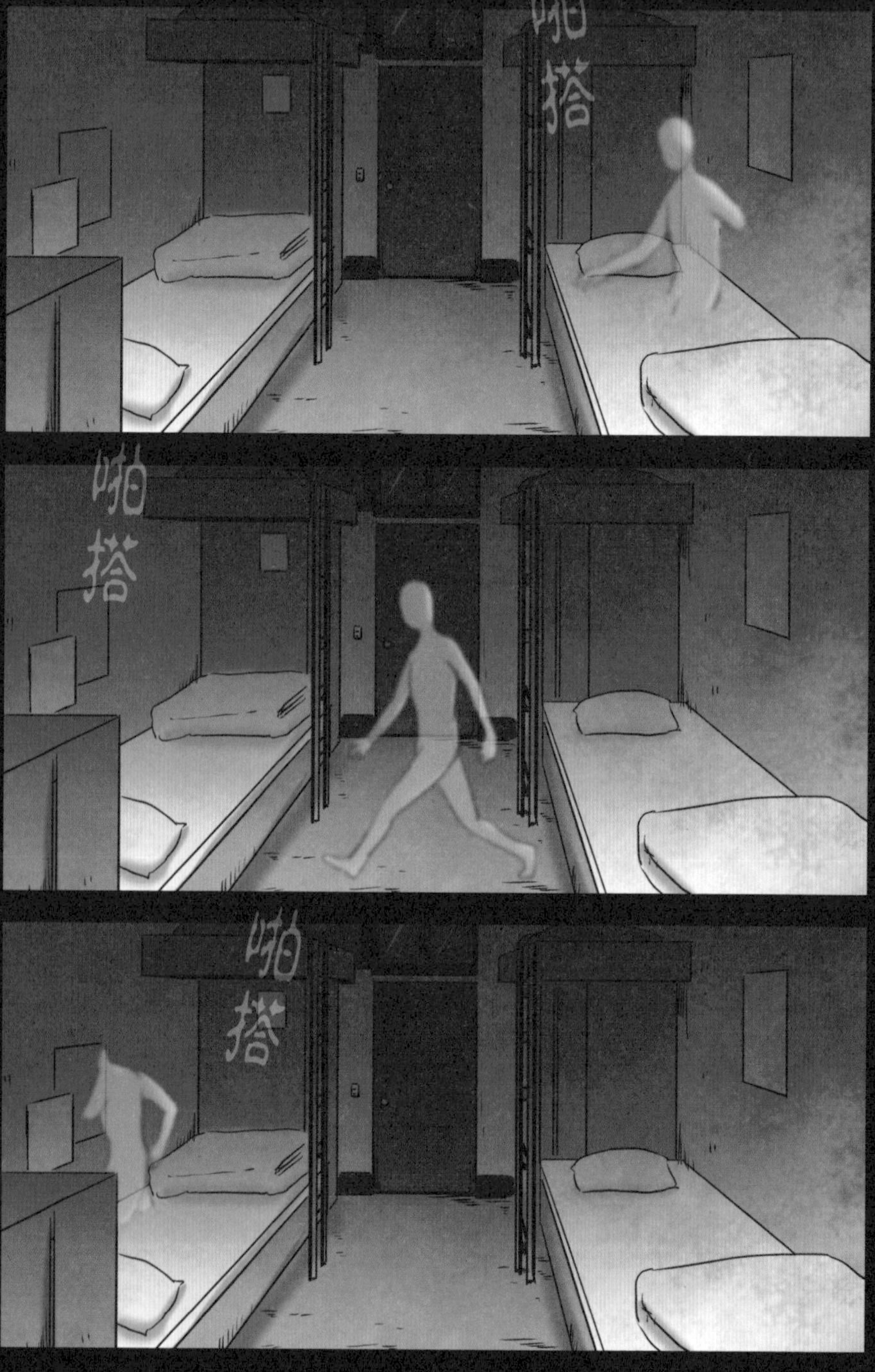

啪搭

啪搭

啪搭

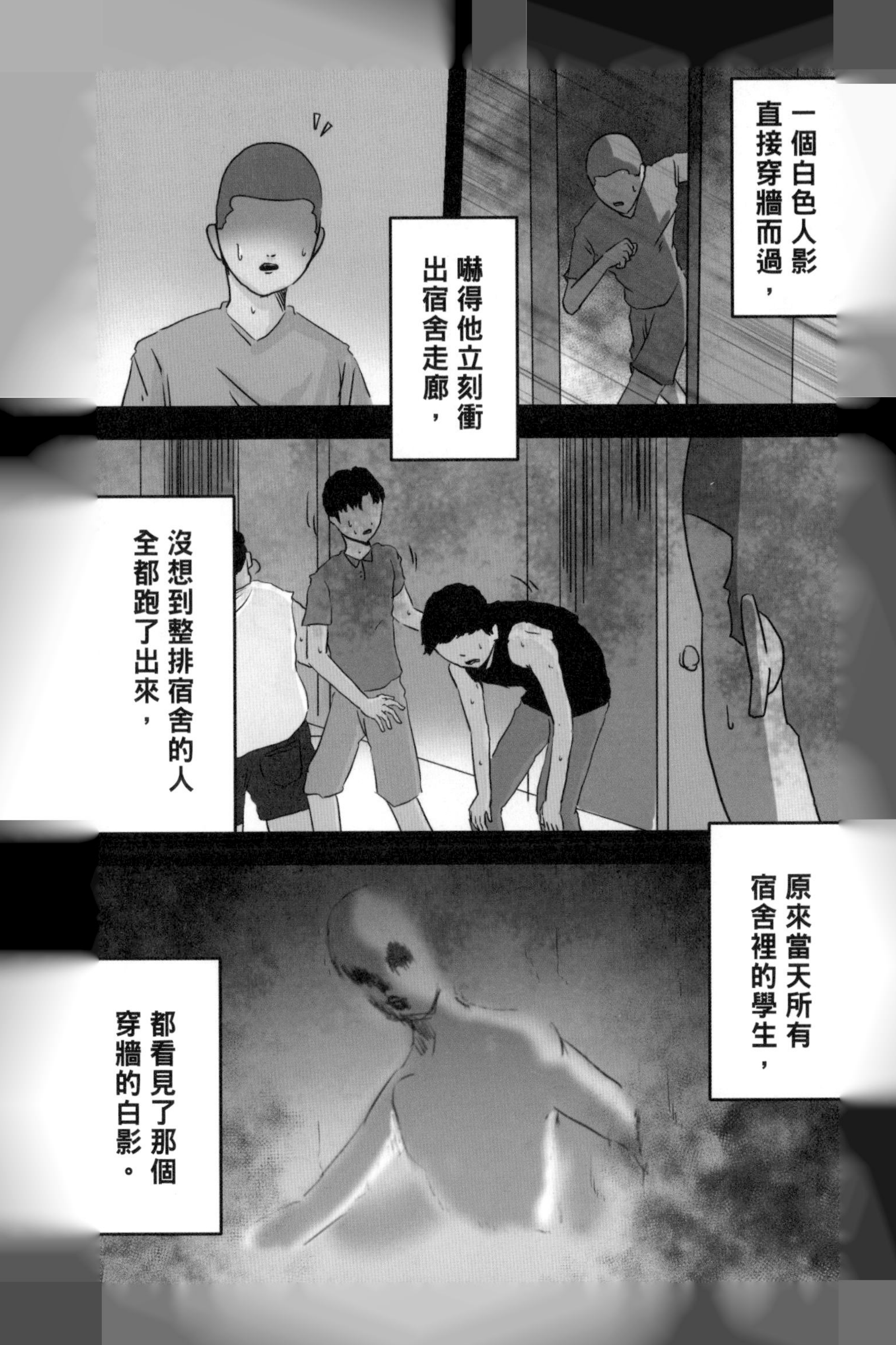
一個白色人影
直接穿牆而過，
嚇得他立刻衝
出宿舍走廊，
沒想到整排宿舍的人
全都跑了出來，
原來當天所有
宿舍裡的學生，
都看見了那個
穿牆的白影。

這就是有名的「穿牆人」傳說。

感覺真蠢……

為什麼這樣說啊？

要是我可以穿牆的話，

早就去女生宿舍了！
對耶～
真夠笨的！

我自己倒是聽過學長講的故事，
你們聽過「毛球」嗎？
很久以前，宿舍的某間寢室，
住了四位感情相當好的大學新生，
其中一個人撿到了一隻貓咪，
四人決定偷偷養在寢室內。

一下課就全部
回宿舍陪貓玩，

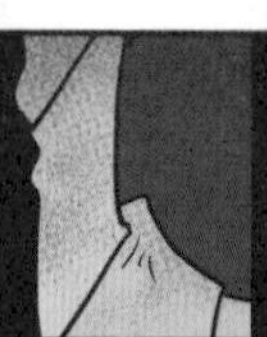

後來學長無意間聽到其中一位的對話，
你知道貓最喜歡玩什麼嗎？
啊？
是毛球喔！
學長當下就明白那是指什麼，
因為去年那棟宿舍，
曾經有人跳樓自殺，

中途頭部卡到電線，
重力加速度的關係，
直接頭身分離，
那顆頭……
咚……
咚……
正好就掉在他們那間寢室裡……

後來做了幾場法事，學生們也都換到其他寢室，
目前已經改為儲藏室，不再讓人住了。

那顆頭應該是個貓奴吧！

貓奴？

一直跟貓玩，感覺很愛貓呢！
啪
不要玩人頭！
突然感覺很可憐！

不用怕啦！這裡準備改建，

裡面都清空了！

你看，什麼都沒有……

那角落那個是什麼呢？

滴

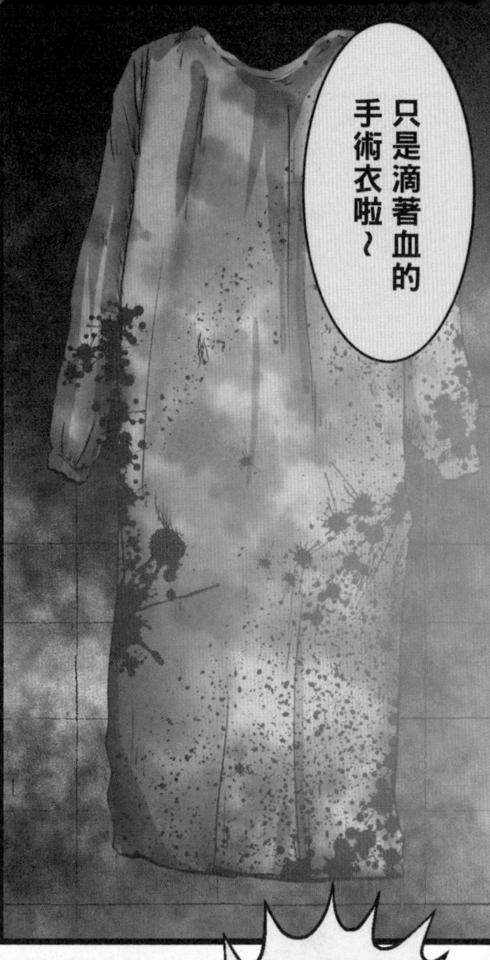
只是滴著血的
手術衣啦~

原來是手術衣啊！
還以為是鬼呢……

……

呀啊啊啊啊啊！

廢棄醫院怎麼會有正在滴血的手術衣啦！
不要說了，趕快逃啦！
等、等一下！
阿慢呢？

為什麼不跑啊？
該不會嚇傻了吧？

可惡，我去救他！

醒醒啊！

快來幫忙，阿慢他好像暈倒了！
還不是因為你！

呼～
呼～

呼～
呼～

謝謝你……
救了我……
抖

不用客氣啦！

那種情況下，被嚇到不敢動也是正常的，
已經沒事啦！

不……不是這樣……

怎麼啦？

剛剛我也想跑，

但是我被抓住，
根本動不了……

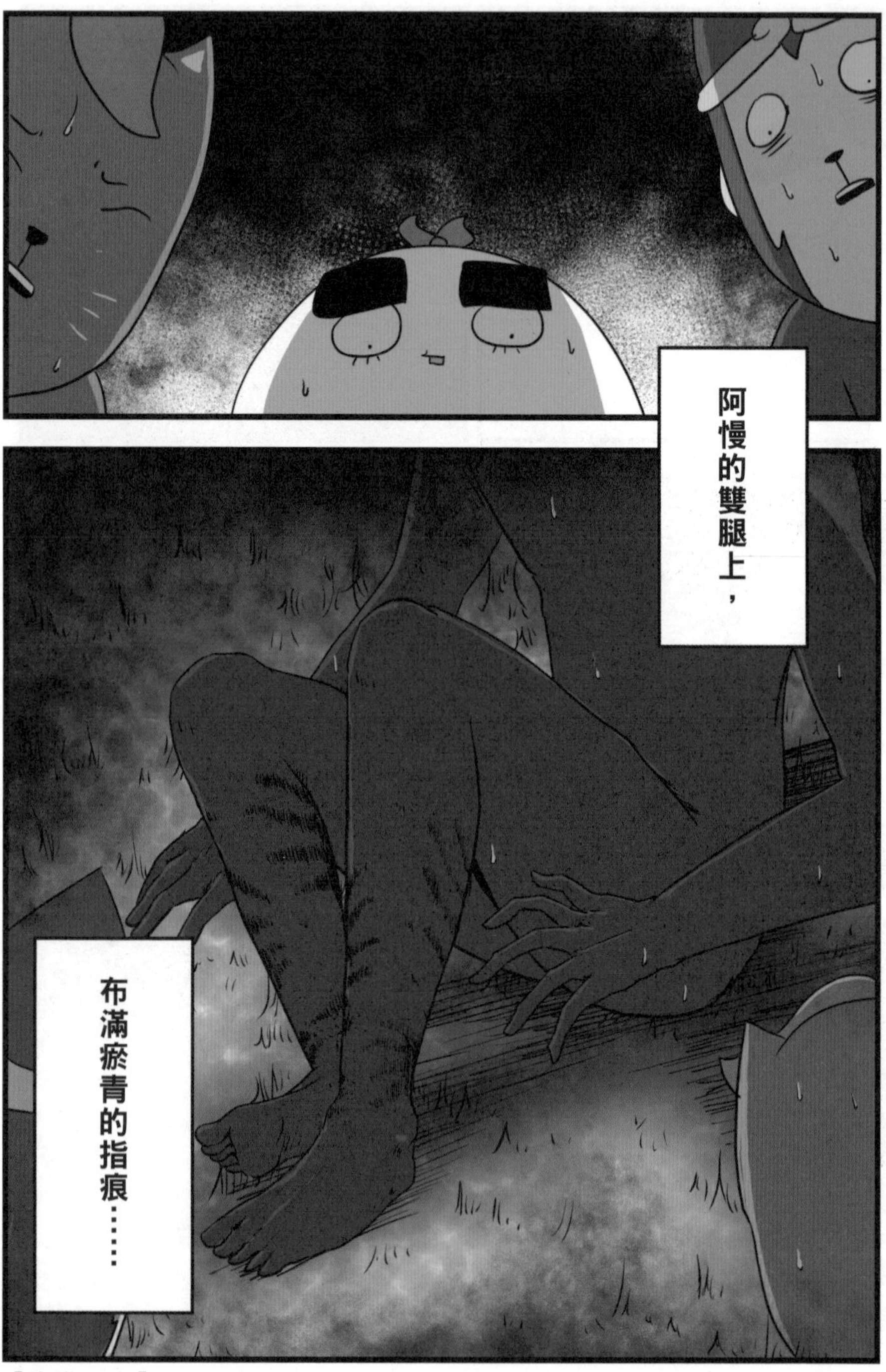

【夜遊・完】

後面還玩起圈叉遊戲！
好可怕！

塑膠袋學姊

不知道什麼時候開始，
談起鬼故事的話題……

欸，你們知道我們學校也有鬼故事嗎？

哇，不要在晚上說這個啦……

阿慢你真的很膽小耶，根本就沒有鬼這種東西啦！

這種東西寧可信其有，不可信其無啦……

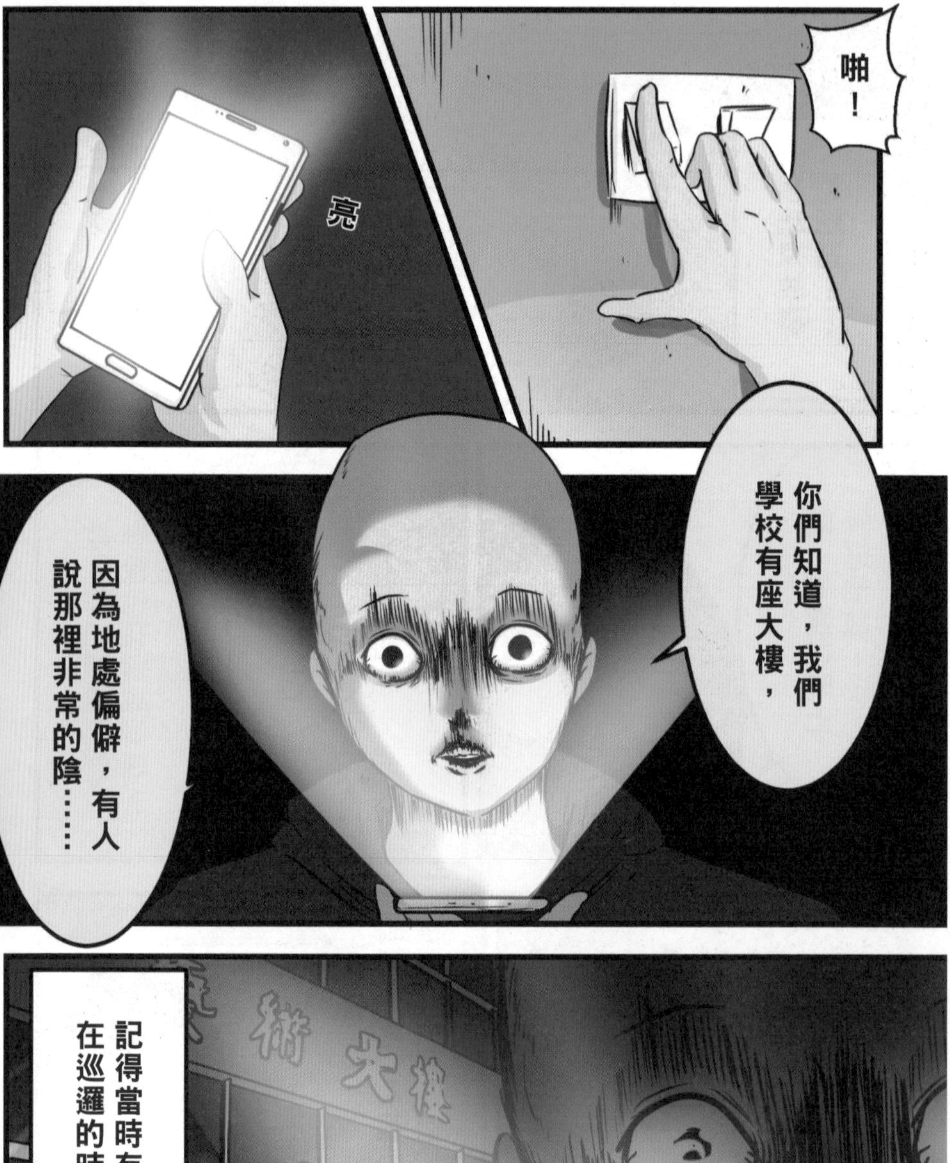

啪！

亮

你們知道，我們學校有座大樓，

因為地處偏僻，有人說那裡非常的陰……

呼～～啊！
總算巡邏完畢，今天也是平安的一天呢！
叮咚
嗶！

警衛伸頭
出去查看，

走廊上沒有任何人，

回到警衛室後，
他覺得無聊，
開始回放
監視器，
這……
怎麼會……
就在剛剛的
電梯口，
自己探頭出來
左右張望時，
有一名長髮女子
跪在電梯口前，

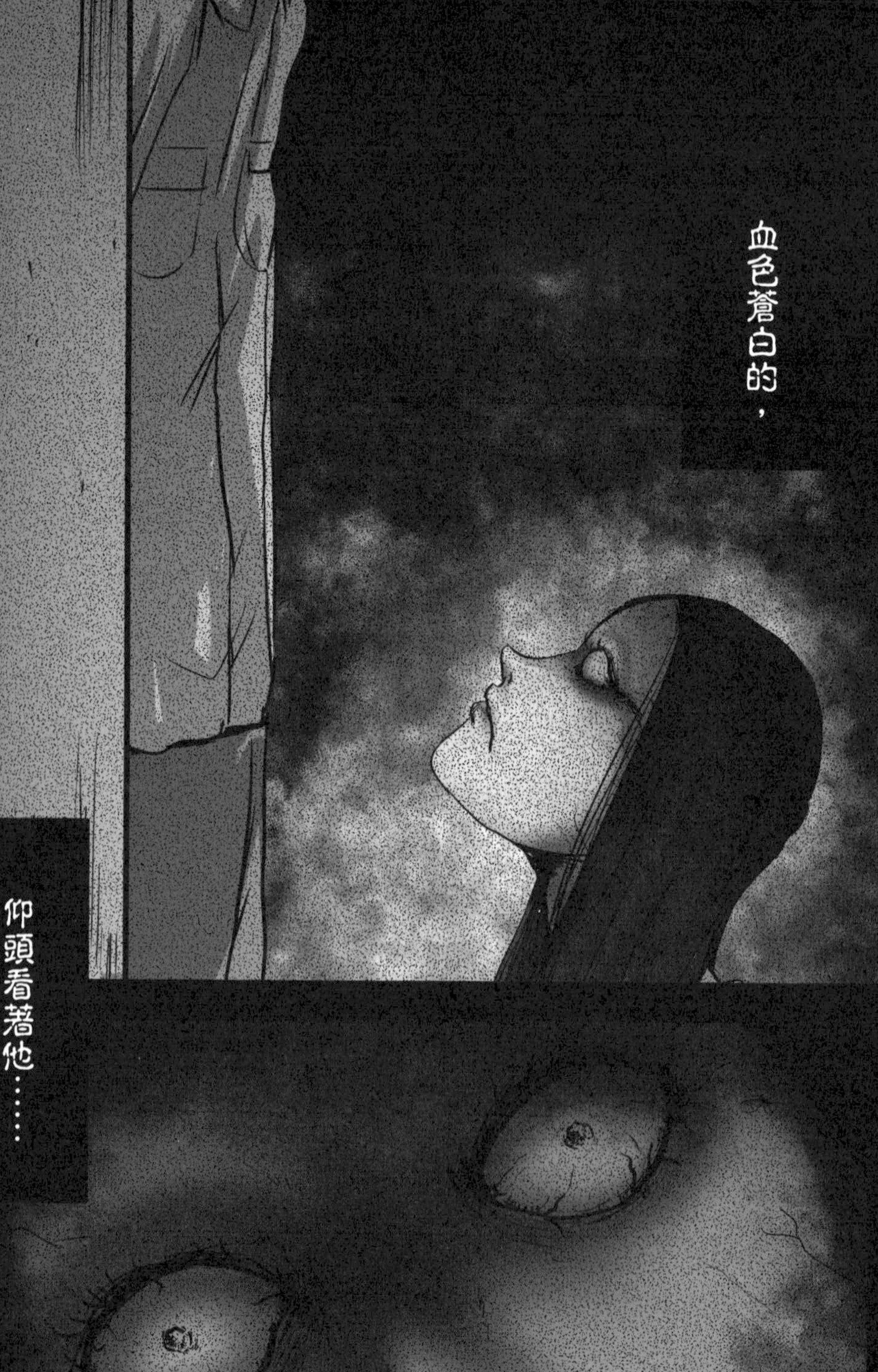
血色蒼白的，
仰頭看著他……

說完了。

哼！
還可以啦！

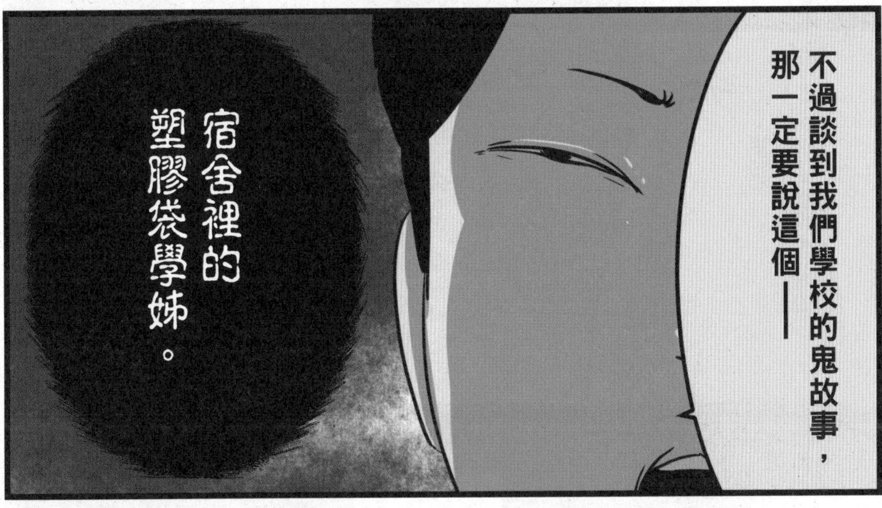
不過談到我們學校的鬼故事，
那一定要說這個——
宿舍裡的
塑膠袋學姊。

這又是什麼啊？
傳聞以前，
在女生宿舍……

有位學姊因為
有重度憂鬱症，
有一天，
她想不開而在
女生宿舍尋短。
但是學姊選擇的
方式非常離奇，
先是服下安眠藥後，

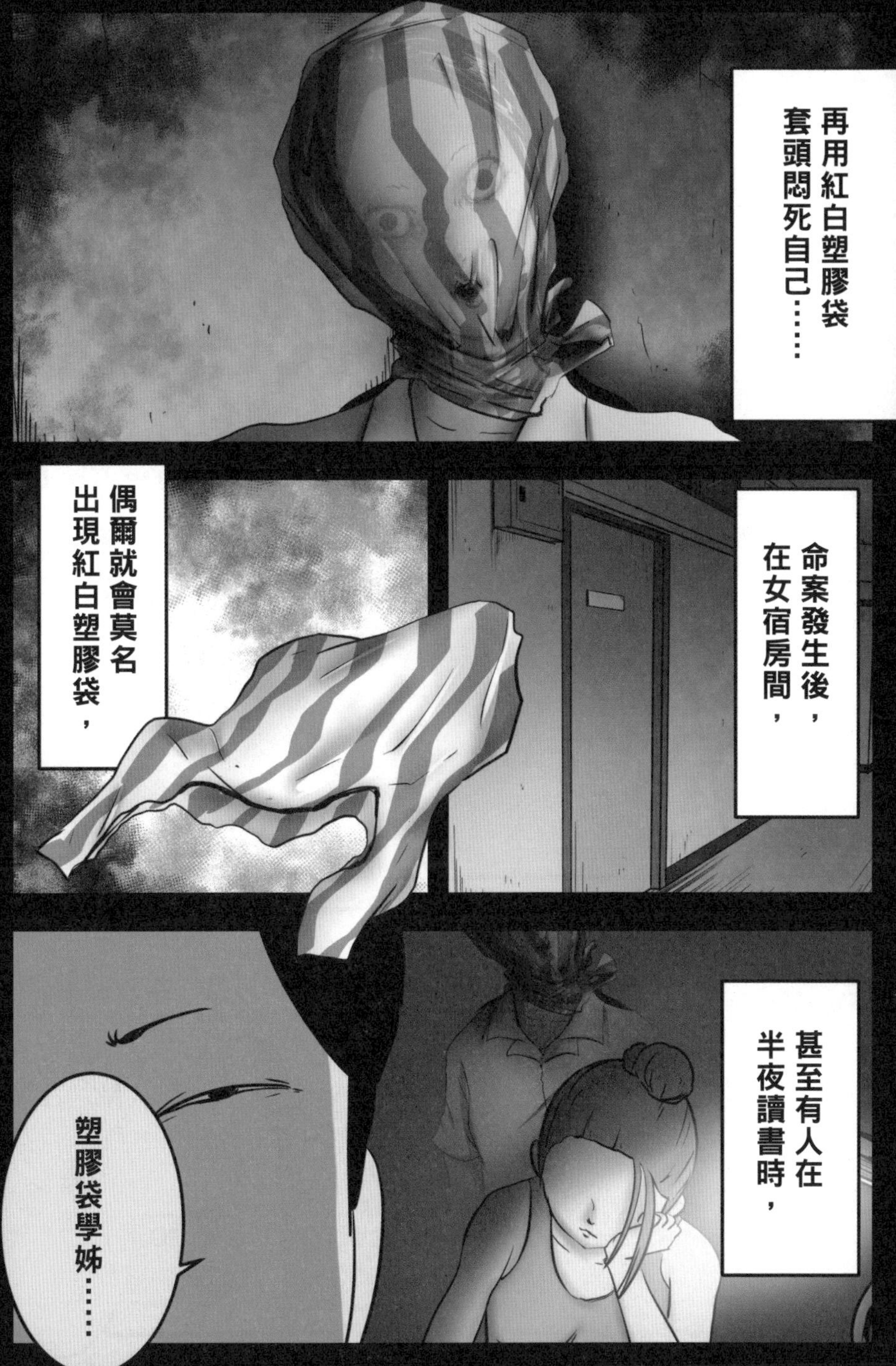
再用紅白塑膠袋
套頭悶死自己……
命案發生後，
在女宿房間，
偶爾就會莫名
出現紅白塑膠袋，
甚至有人在
半夜讀書時，
塑膠袋學姊……

會從背後
緩緩飄過……
沙……

呀啊啊啊！

嚇死我了，
反應也太大了吧！

消夜買
回來啦!!
耶！
虛脫

廁所
可惡……

進門都不出聲的，
想嚇死誰啊……
沙沙……

誰？

靜~~~~~~~~~

欸欸，
不要鬧了喔……

靜～～～～～

快步
不要亂想，
不要亂想……

沙……
呼……
沙……
呼……

什麼聲音啊？
抬頭

沙……
沙……
沙……
沙

哇啊啊啊啊！
啊啊啊啊！
我剛剛在廁所……
開門

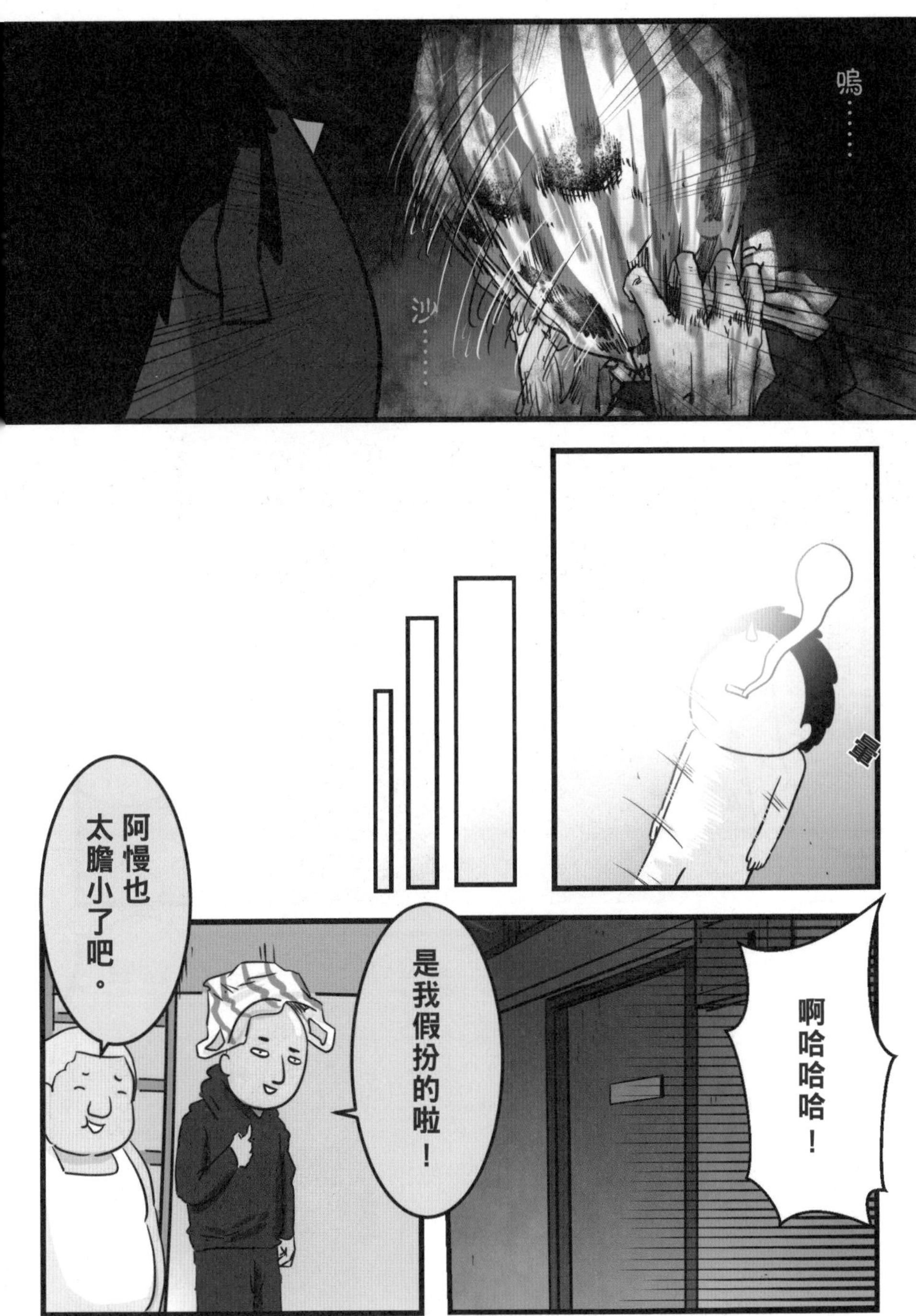
嗚……
沙……
啊哈哈哈！
是我假扮的啦！
阿慢也太膽小了吧。

你們也太過分了吧！
差點把我嚇死！

剛剛在吃宵夜，想說拿塑膠袋嚇嚇你。

居然還特地跑到廁所嚇人……
廁所？

剛剛不是穿女學生制服到廁所嚇我嗎？

我們全都在房間裡，沒有人出去過啊……
而且男生宿舍哪來的女生制服啊……

【塑膠袋學姊・完】

不准玩塑膠袋！
呀啊啊
據說某次被清潔阿姨責罵過後，塑膠袋學姐便很少出現了……

陰陽門

對耶，每次要過去另一邊
都還要走到一樓。

真的超級麻煩！

我就好奇的
跑去問學長，
結果……

發現很有意思
的事情……

到了，
就是這裡！

傳說中的……

陰陽門

後山那裡
是亂葬崗，
學校宿舍蓋在
這種地方，
磁場多少都
受到影響！

據說十多年前，
有一位學長，
在走進二樓通
道的門後，

就離奇的消
失了……

他再次出現的時候，
?
卻是出現在其他縣市
的山區裡……

噗哈哈，好像
任意門喔！
那這門
滿方便的呀！

可怕的是，對那個
學長來說，
只不過是
一瞬間的傳送，

但其實他已經整整
失蹤了一個禮拜！

也就是說，
完全不知道會被傳送
到地球的哪個角落，
甚至是過去或是
未來的某個地方……

現在都
什麼年代了，
這種東西
我才不信呢！

是嗎？

那麼你敢不敢
走進去看看？
像這種鎖很簡單
就打開了……

啪嚓！

咳、咳
好多灰塵啊……
畢竟這裡被封閉很久了……
咻～
咻～

百鬼夜行誌

哈啾！
好冷喔！
怎麼有股冷風啊……

拜託～
別自己嚇自己啦！

你們看，
根本沒事！

一定是以前的學長，
編出來嚇唬人的啦！

喂！你們幾個！
在那裡做什麼？
糟糕……

狐狸，快點出來！
警衛來了！

等、等我一下！

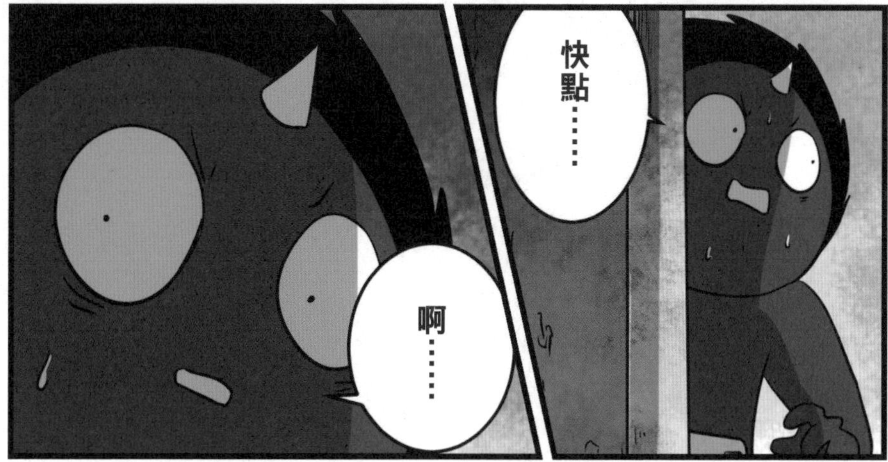
快點……
啊……

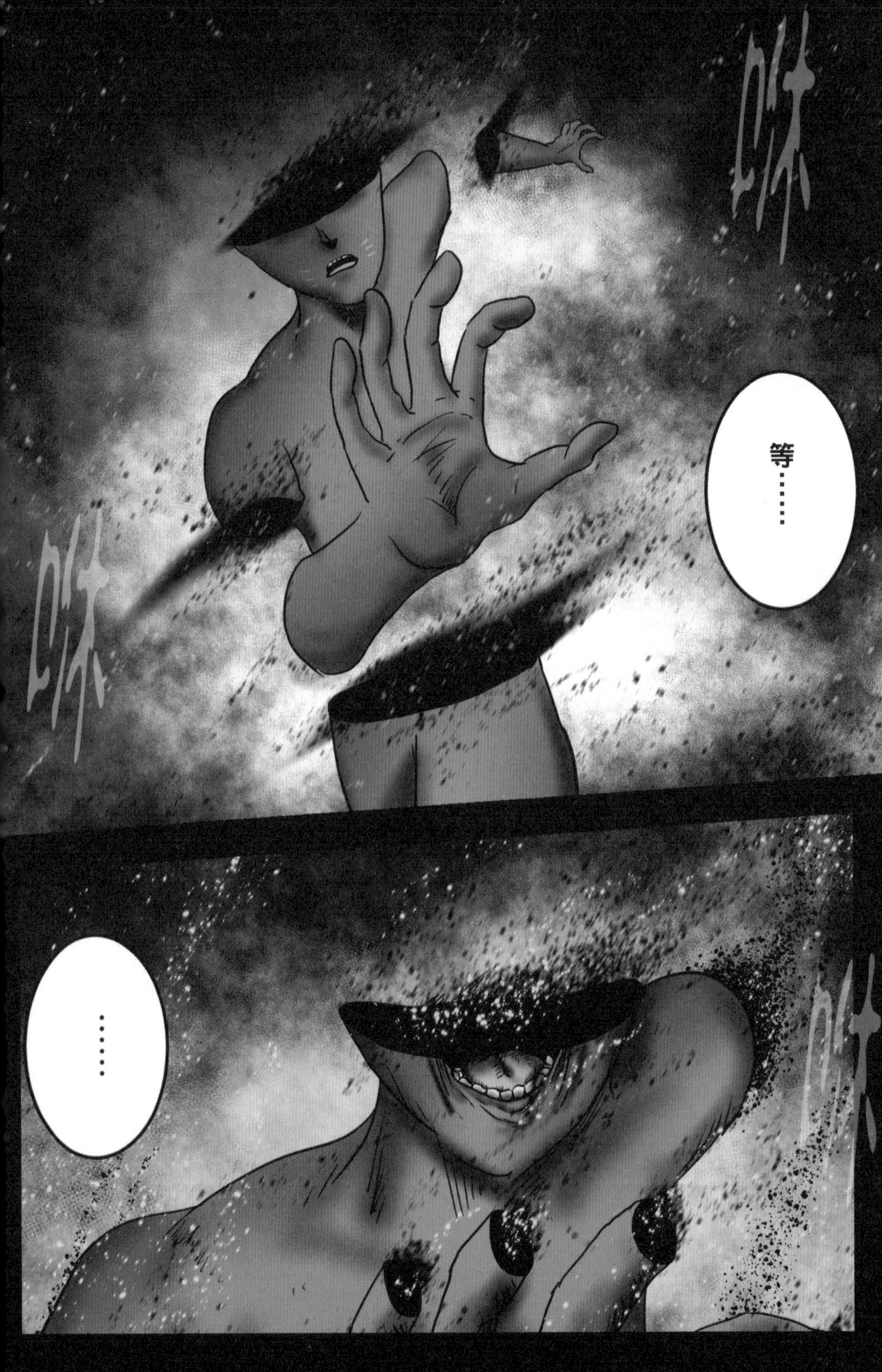
咻
等……
咻
咻
……

咻
咻
不見了……
朋友當晚像是被吸入般，
在門後方，消失無蹤……

之後不管
怎麼尋找，

尋人啟事
依舊找不到人……

啪！

恭喜畢業啦！

沒想到已經過了三年啦……

他究竟消失去哪裡了呢？

依然覺得像是一場夢呢……

其實後來我去查了一下，

當初陰陽門被關閉的原因，

除了經常有人在那失蹤，

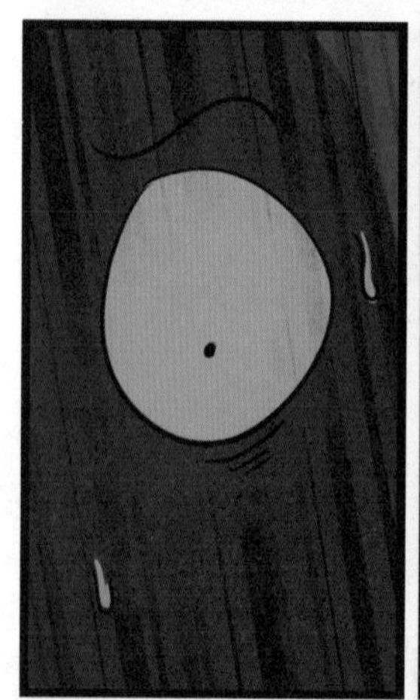

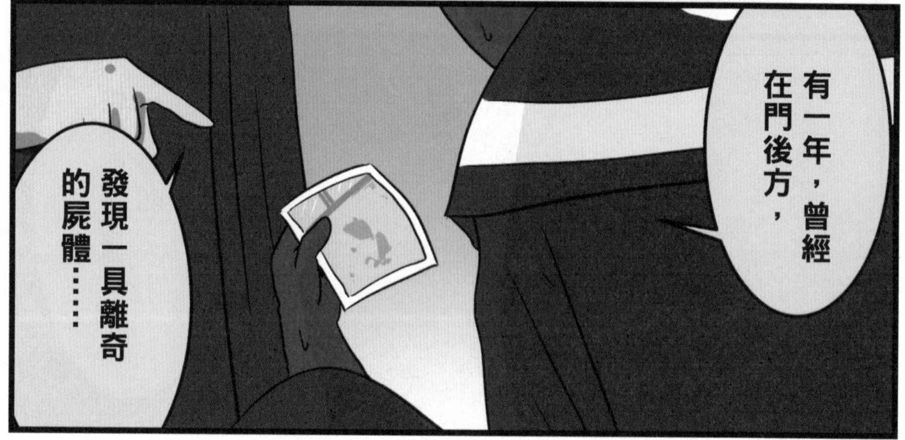
有一年，曾經在門後方，
發現一具離奇的屍體……

十幾年前的舊照片中，
失蹤朋友的屍體，鑲嵌在牆壁裡……
難道當初消失後，朋友被傳送到過去，
卡死在牆壁裡？
之後聽說那扇門又被打開，
希望不會再有人消失才好……

【陰陽門．完】

而當初消失的學長，
最擔心他那時掉落的黃色書刊被人看到。

倒下的椅子

小草，記得喔！
這裡靠近山邊，傍晚不要開窗，

不然蚊子會跑進來喔！

我會注意的！

那麼開學後見囉～
掰掰！
假期愉快！

室友終於離開了，
雖然有點囉唆，不過人很好呢！
碰！
喀！
啪！

暑假第一天，

就先來個漫畫派對吧～

啊，

已經半夜啦……

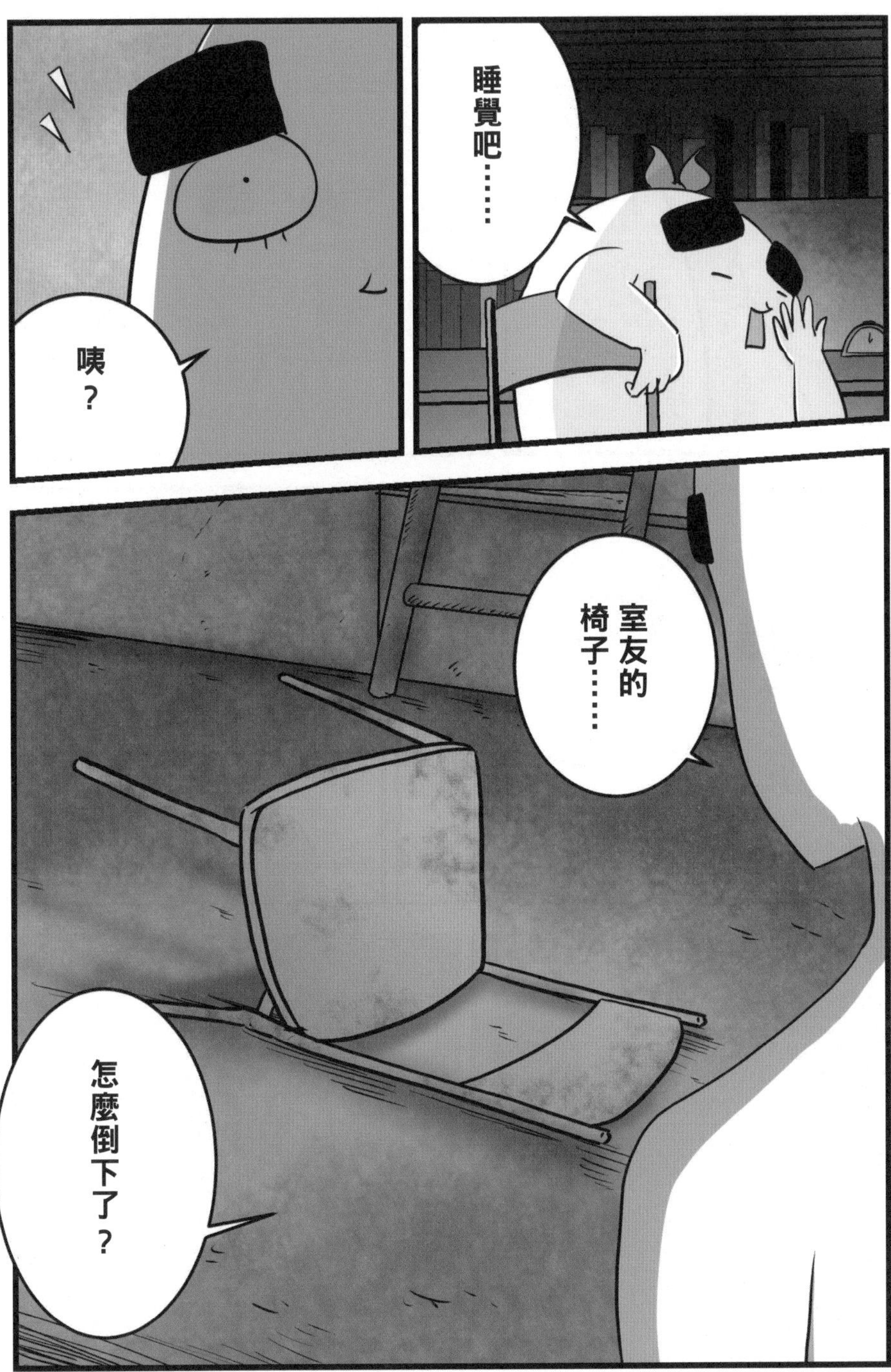
睡覺吧……
咦？
室友的椅子……
怎麼倒下了？

剛剛有地震嗎？
奇怪……
記得室友最後好像有提醒我什麼……

好像要……

不行，太想睡了，大腦無法思考，

明天再想吧！
睡覺睡覺

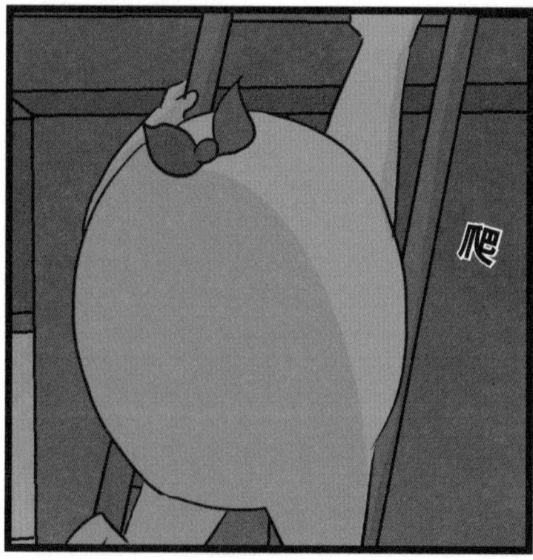
爬

嘰咿……
嘰咿……
嘰咿……
咚！
怎麼了？
什麼聲音啊？

……誰站在床邊？
不對……我睡在上舖欸……

嘰咿……
嘰咿……
嘰咿……
嘰咿……

呀啊啊啊！
後來我才知道，
宿舍曾經發生過命案，
有個學姐踩著椅子，
在寢室裡上吊了，

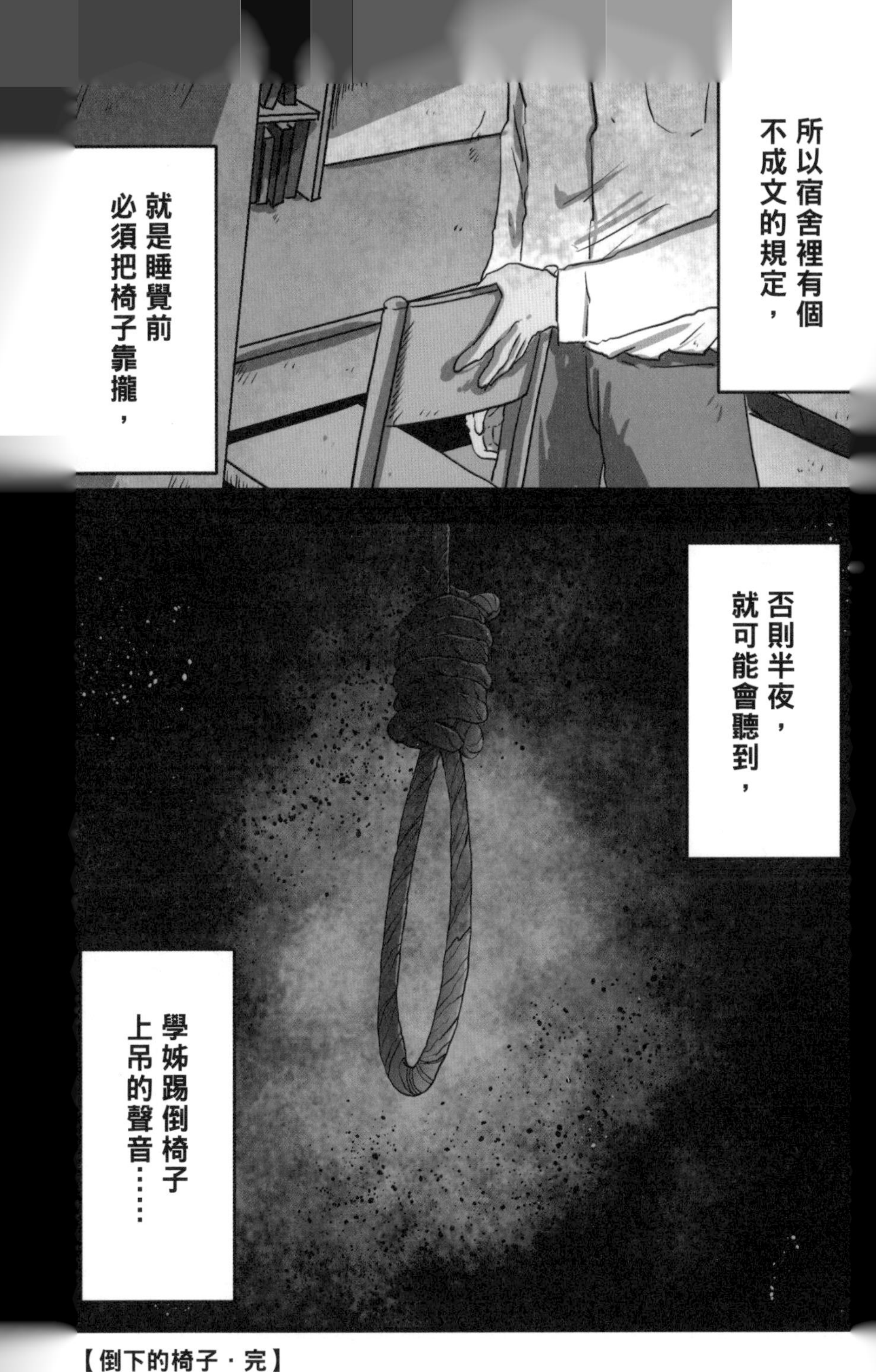

【倒下的椅子・完】

結果還是忘記關窗。
呀啊啊啊！

屍水宿舍

這是我大學住宿舍時，
發生的事……

福利社

打哈欠

怎麼啦？

沒睡飽啊？

最近一直越睡越累，不知道怎麼回事……
可能不習慣住宿吧！

像我已經跟學長打過招呼，
也聽了很多學校的歷史文化，
你知道嗎？

學校某棟樓的蓄水池，
曾經有學姐溺斃身亡，

偶爾經過那附近，

還會聽到學姐在你耳邊哭喊救命……

大樓電梯，

會停在無人樓層開開關關……

或是上廁所，拉沖水繩時，

會拉到倒吊的女鬼頭……

還有……

根本都是鬼故事嘛！

咳咳……
咳咳……
咳咳……
咳咳……
咳咳……
誰啊？怎麼咳成這樣……

咳咳……

咳咳……

咳咳……

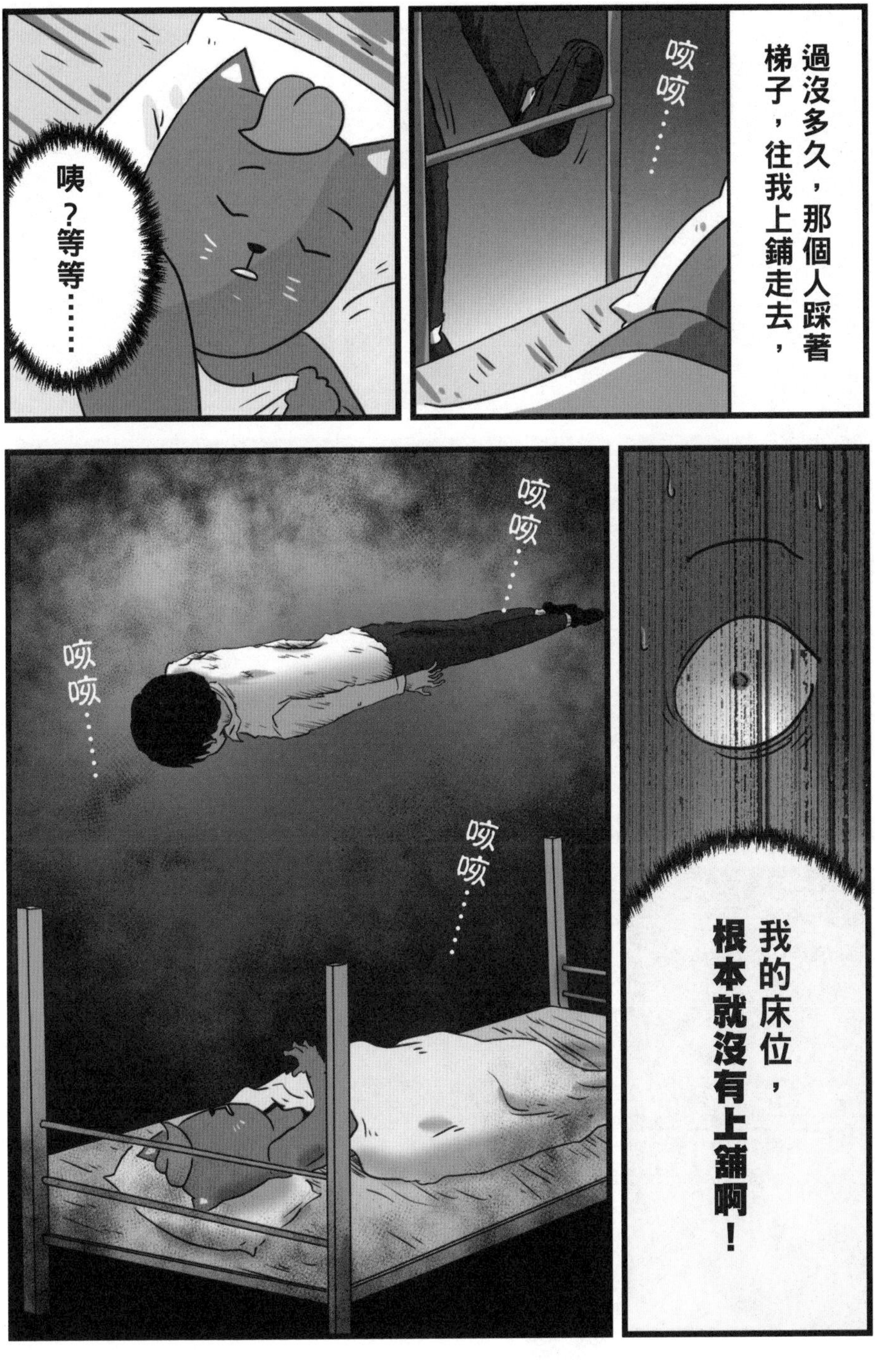

過沒多久，那個人踩著梯子，往我上鋪走去，

咳咳……

咳咳……

咳咳……

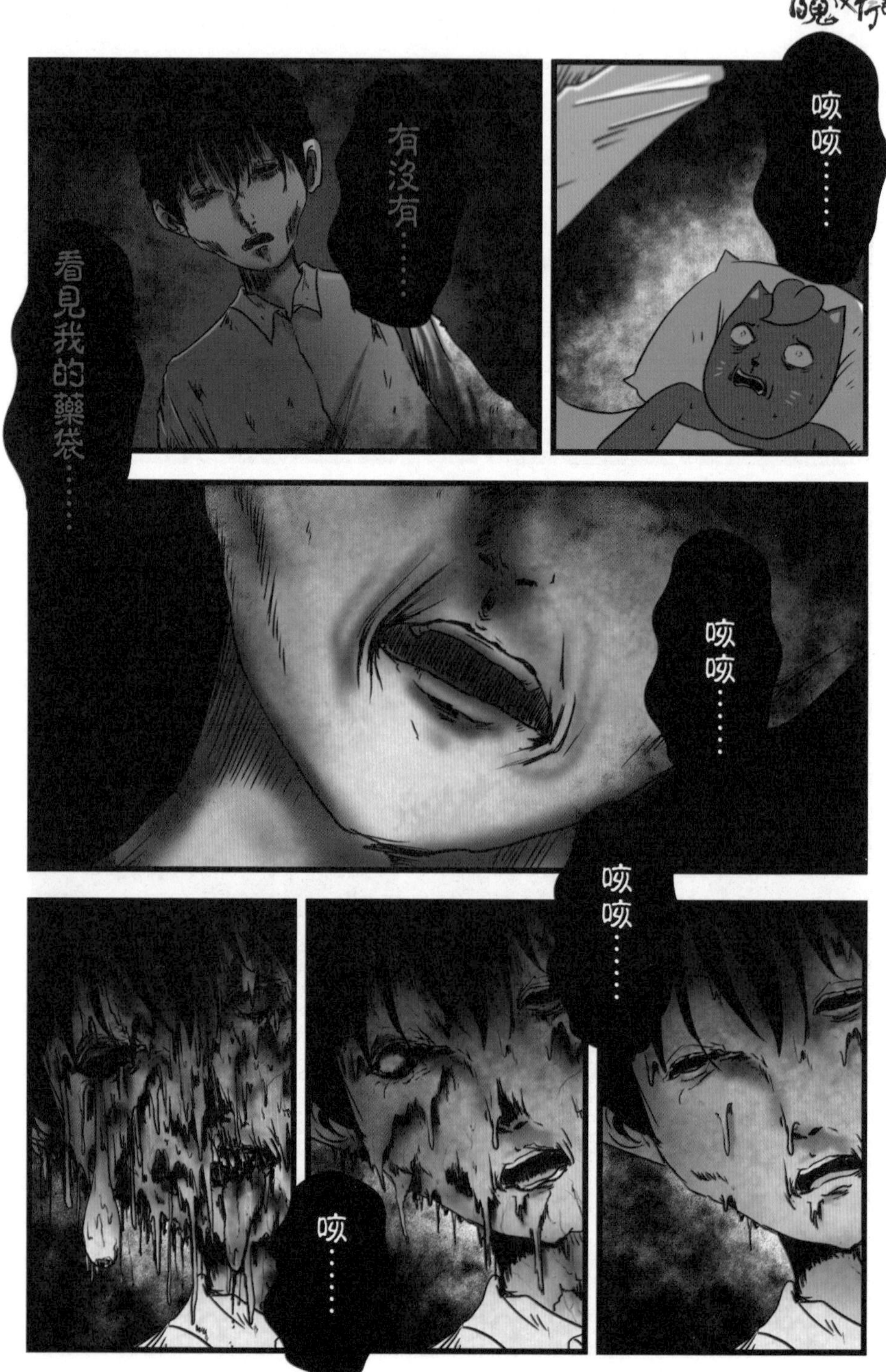
咳咳……
有沒有……
看見我的藥袋……
咳咳……
咳咳……
咳……

哇啊啊啊啊！

不久後，
我搬離了宿舍，
詢問了朋友
才知道，
以前宿舍裡
有位學長，
身體不太好，
經常半夜聽到
他在咳嗽，
咳！
咳！
以及開藥袋的聲音，

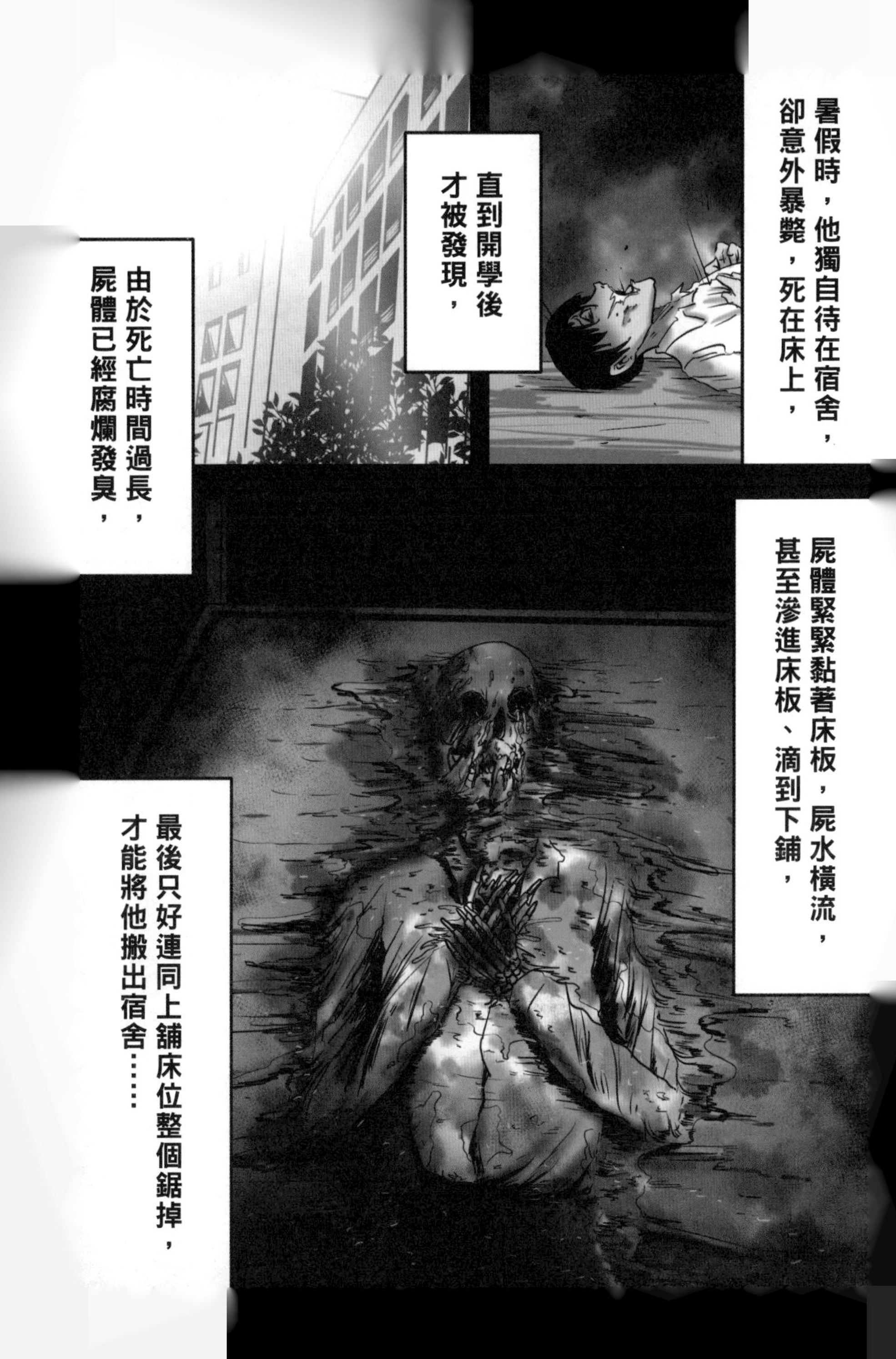
暑假時，他獨自待在宿舍，
卻意外暴斃，死在床上，
直到開學後
才被發現，
由於死亡時間過長，
屍體已經腐爛發臭，
屍體緊緊黏著床板，屍水橫流，
甚至滲進床板、滴到下鋪，
最後只好連同上鋪床位整個鋸掉，
才能將他搬出宿舍……

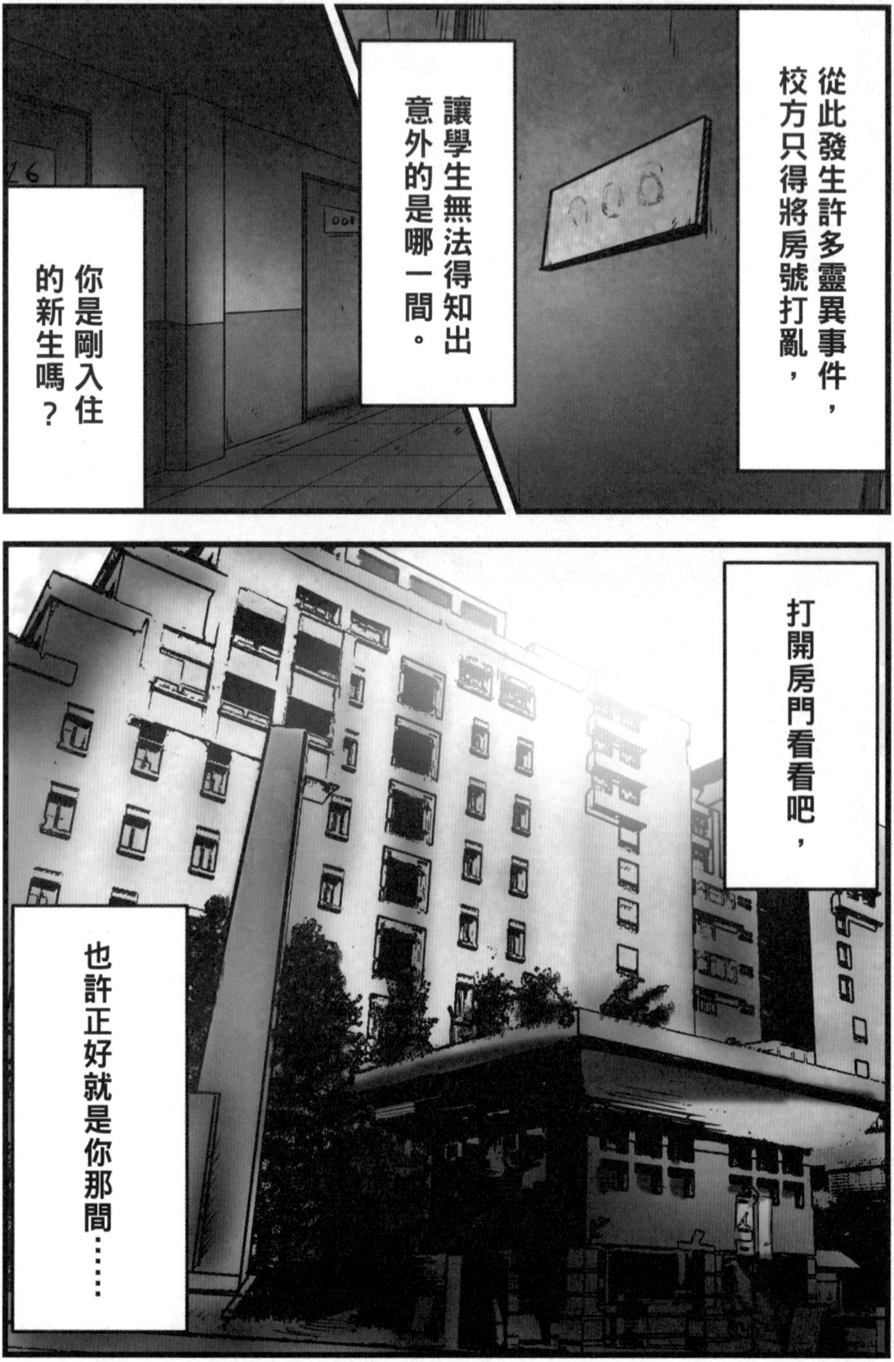

打開房門看看吧，

也許正好就是你那間……

【屍水宿舍・完】

據說當年有學長用這個鬼故事，
來掩蓋自己尿床的事實。

天臺的拍球聲

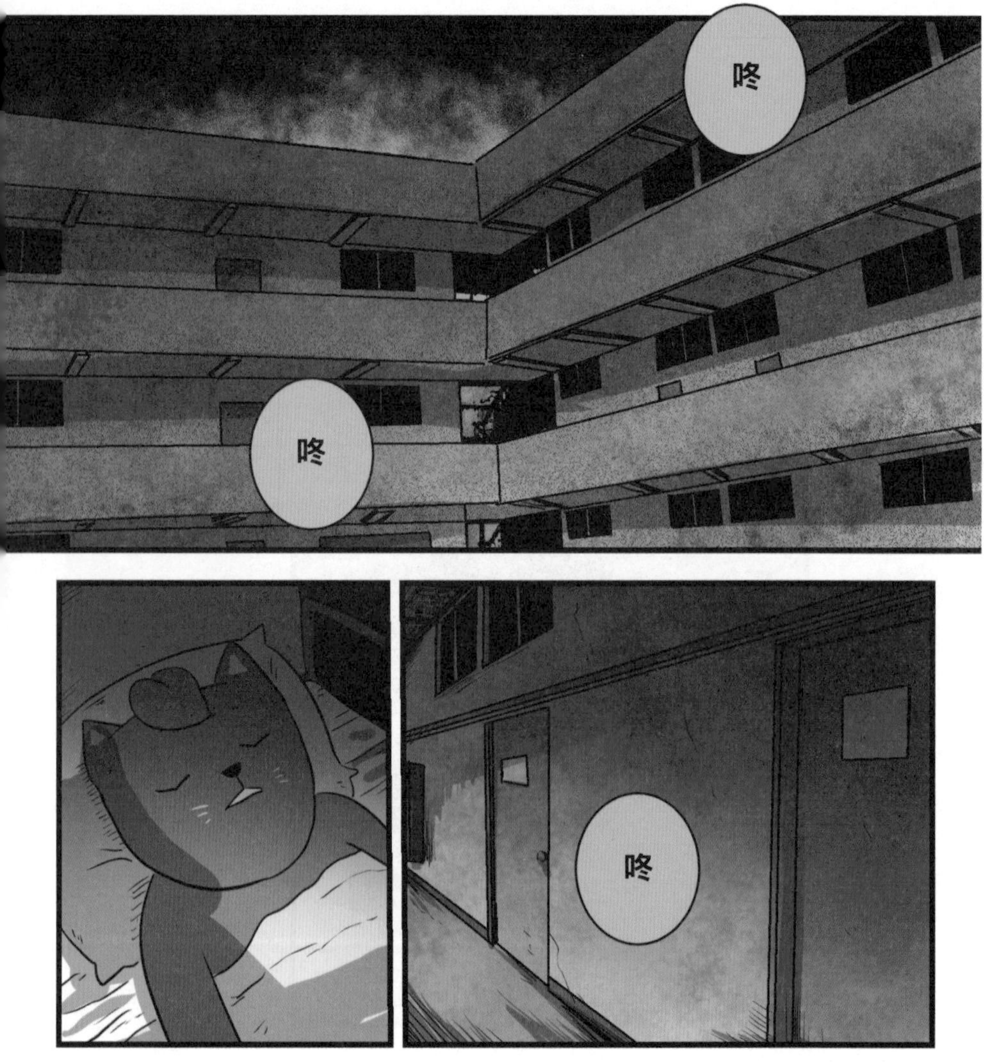

咚

咚

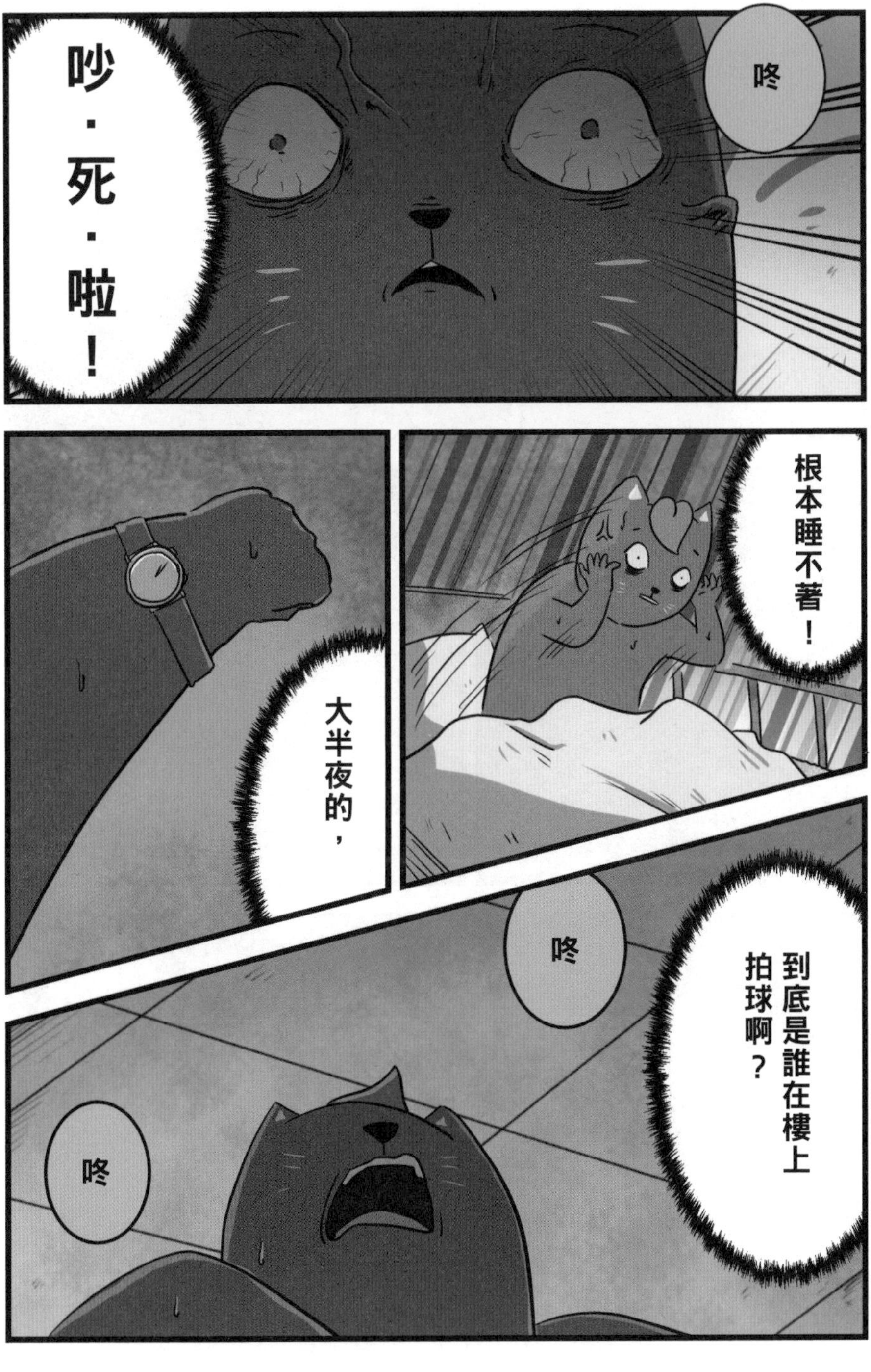

根本睡不著！

大半夜的，

到底是誰在樓上拍球啊？

咚

咚

這種情況下，
室友還睡得著啊……

爬下

碰

冷死了、
冷死了……
可惡……

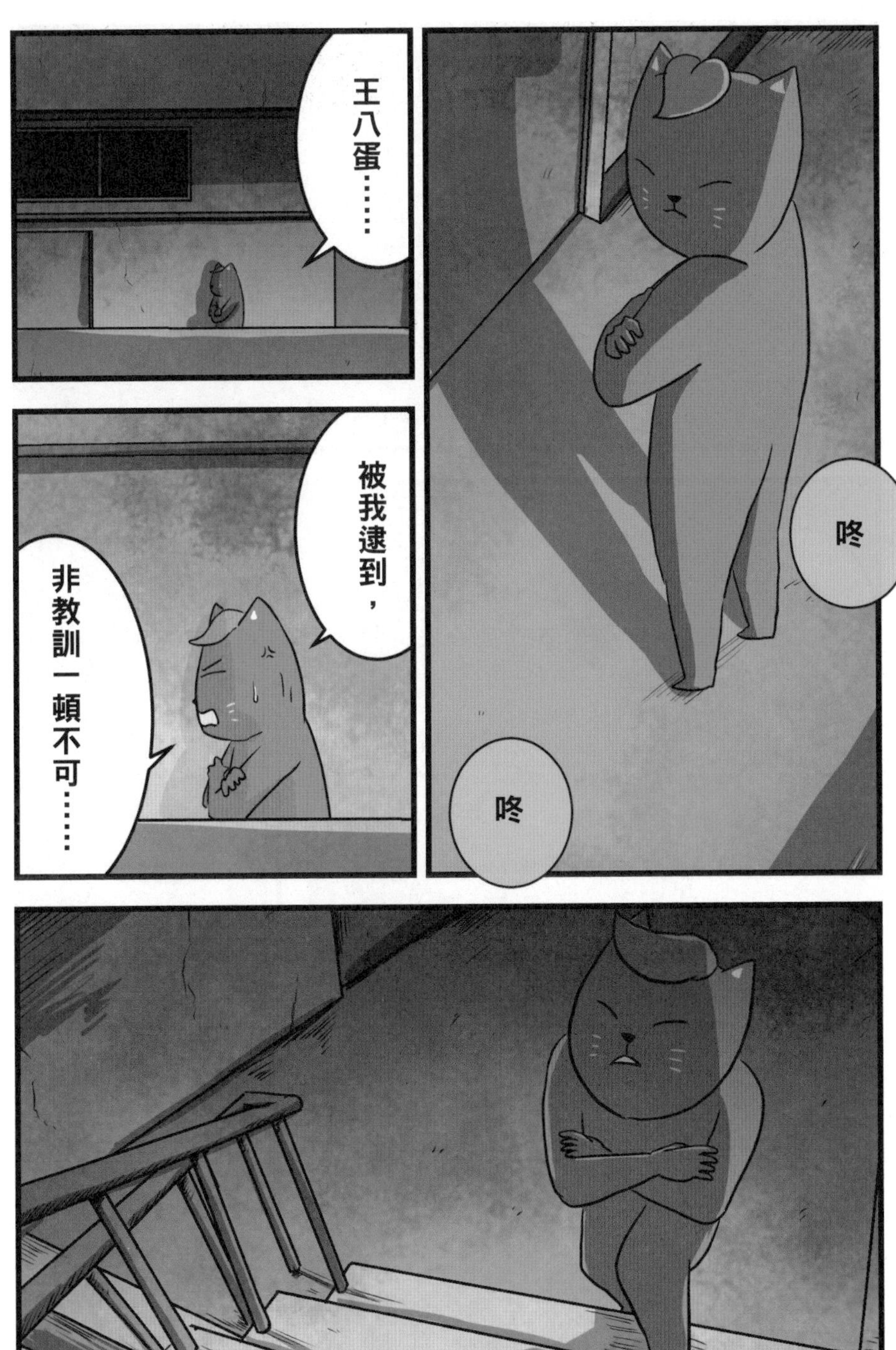
王八蛋……
咚
被我逮到，
非教訓一頓不可……
咚

啊……
咚
找到了！

喂！
半夜不睡覺，
在頂樓拍什麼球啊？
咚
咚
停住

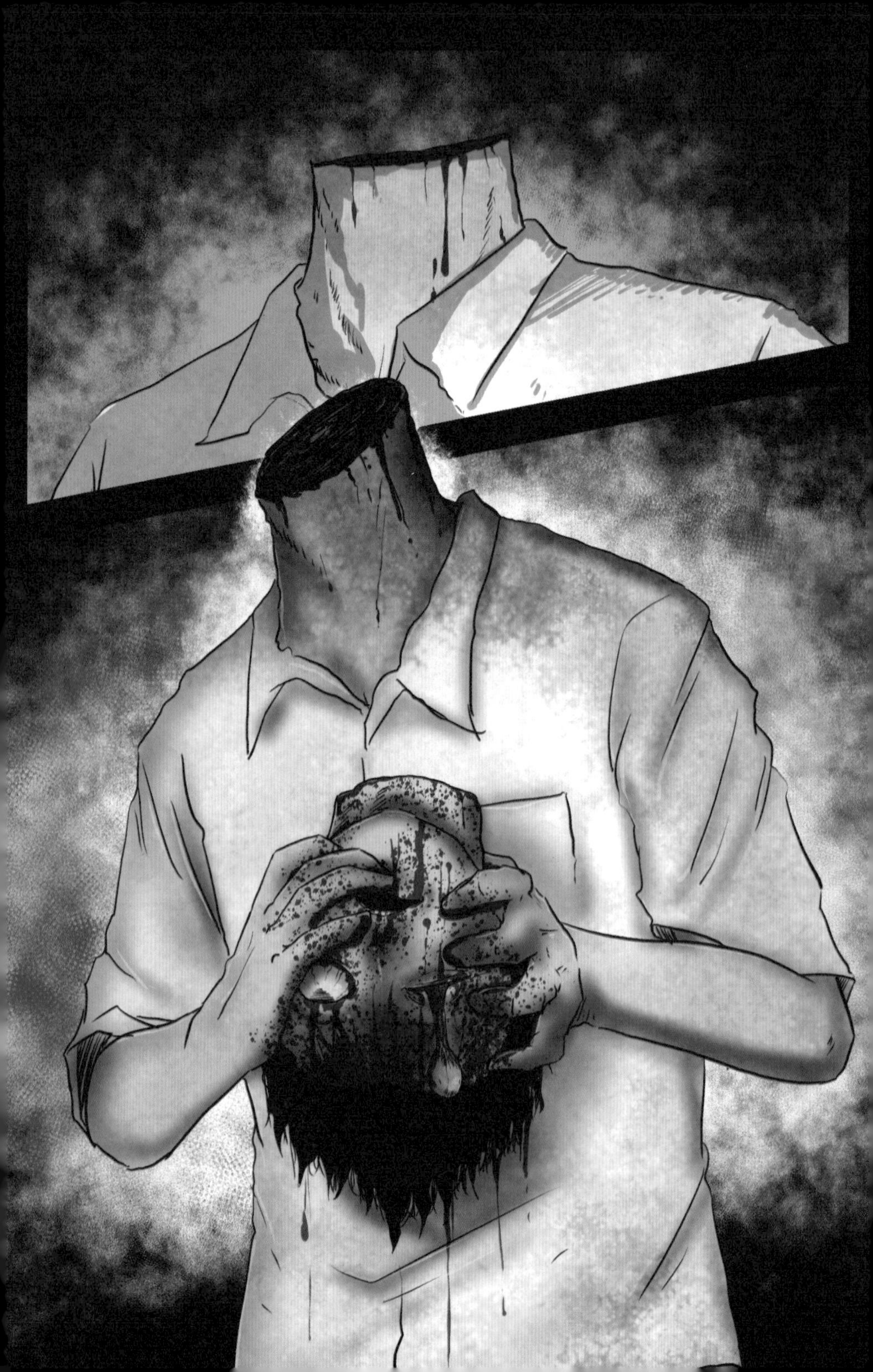

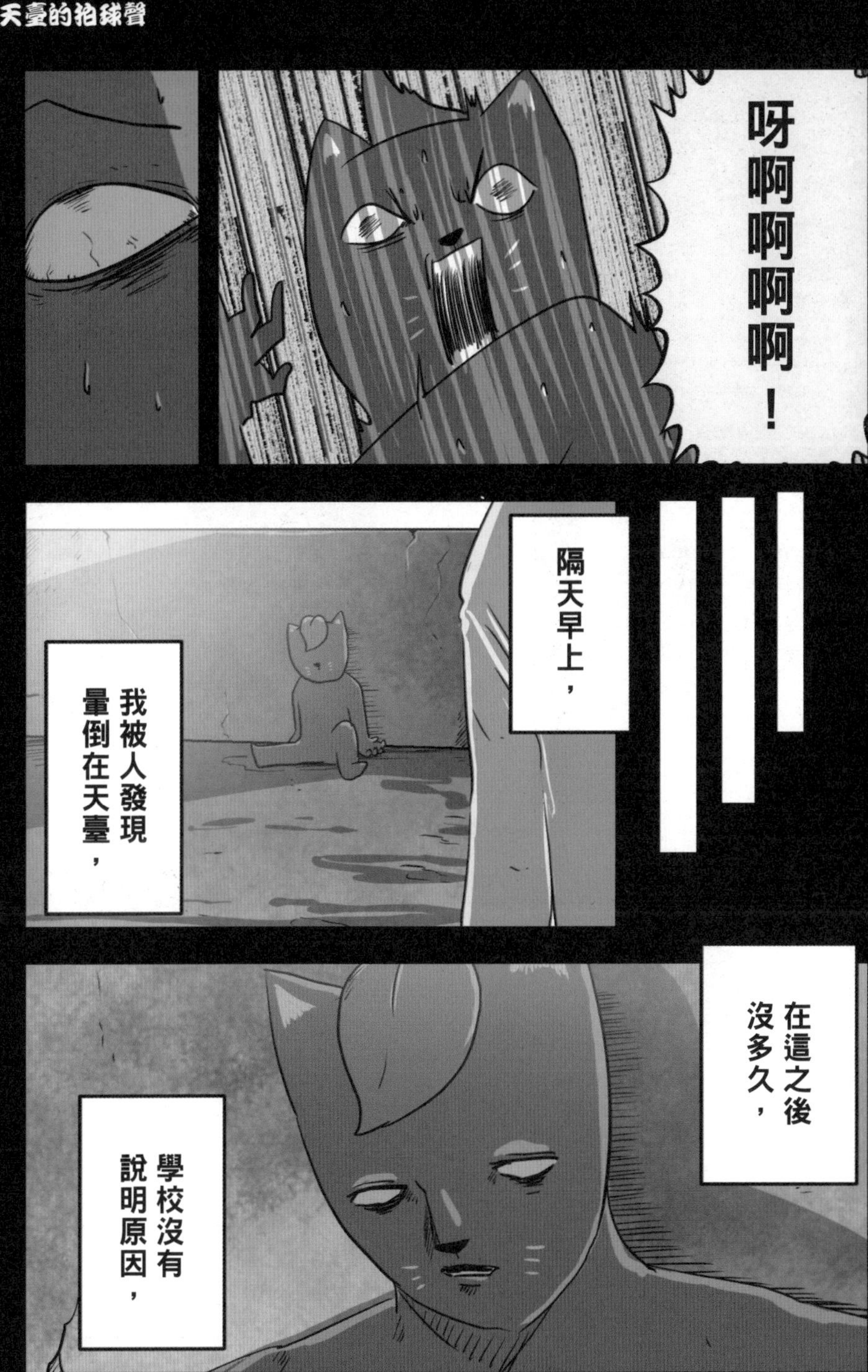
呀啊啊啊啊！
隔天早上，
我被人發現暈倒在天臺，
在這之後沒多久，
學校沒有說明原因，

【天臺的拍球聲・完】

不知道
是不是拍膩了，

偶爾還會聽見
滾球的聲音。

鬼涼亭

沒想到學校裡
有這座涼亭。

找到了！

這次一定要
考個好成績！

好！

啊，不小心
睡著了……

咦？
什麼時候來了這麼多人啊？
傍晚的涼亭裡，
坐滿了穿著制服的學生，
每個人都不發一語，
低頭坐著。

好詭異……我還是趕快回宿舍吧……
滑

啪！

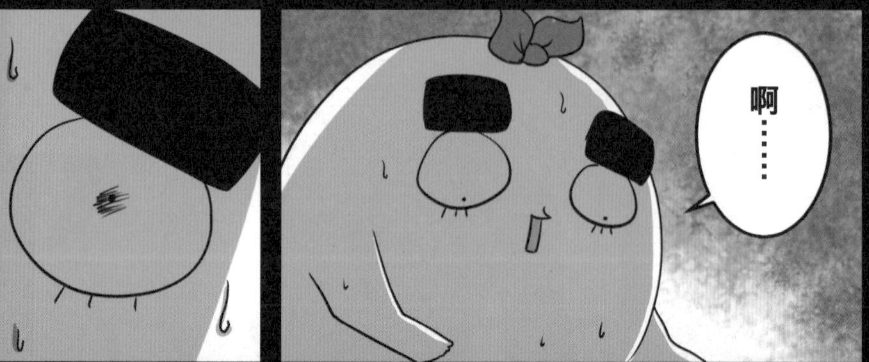
啊……

盯～

啪！
呀啊啊啊啊！
不要抓我！
碰！
呃……
奇怪……

是夢啊……
因為太過真實，
我嚇得趕緊離開，
走下樓梯後，
我回頭一看，
涼亭裡，

站了一個人……

妳不知道嗎？

什麼？

據說那裡剛好
位處陰陽界，

夜深時，常有
人撞見鬼影，
每到半夜，根本就沒有
人敢靠近那個鬼涼亭！

拍妳肩膀的，應該是校長！
聽朋友說，已故的創校校長，
非常喜歡學生，
到現在依然會四處徘徊，提醒學生趕快回家，
而校長的石像，
依然佇立在校園內，
守護著大家。

【鬼涼亭・完】

據說屢勸不聽者，
校長會改成用「愛的鐵拳」。

後記

歡迎你們來信
跟阿慢分享！

百鬼夜行誌

hiphop200177

hiphop200177

hiphop200177.com

WEBTOON

也別忘了觀看每週
線上連載的漫畫！

那我們下次見囉！

明年見！

快畫！

Fun 系列 073

百鬼夜行誌【校靈卷】

作　者—阿慢
主　編—陳信宏
責任編輯—尹蘊雯
責任企畫—吳美瑤
美術協力—F E 設計
內文排版—極翔企業有限公司

編輯總監—蘇清霖
董 事 長—趙政岷
出 版 者—時報文化出版企業股份有限公司
一〇八〇一九　臺北市和平西路三段二四〇號三樓
發行專線—（〇二）二三〇六六八四二
讀者服務專線—（〇八〇〇）二三一七〇五
（〇二）二三〇四七一〇三
讀者服務傳真—（〇二）二三〇四六八五八
郵撥—一九三四四七二四　時報文化出版公司
信箱—一〇八九九臺北華江橋郵局第九九信箱

時報悅讀網—www.readingtimes.com.tw
電子郵件信箱—newlife@readingtimes.com.tw
時報出版愛讀者—www.facebook.com/readingtimes.2
法律顧問—理律法律事務所　陳長文律師、李念祖律師
印　刷—和楹印刷有限公司
初版一刷—二〇二〇年八月二十一日
初版十六刷—二〇二四年九月十六日
定　價—新臺幣二八〇元
（缺頁或破損的書，請寄回更換）

時報文化出版公司成立於一九七五年，
一九九九年股票上櫃公開發行，二〇〇八年脫離中時集團非屬旺中，
以「尊重智慧與創意的文化事業」為信念。

百鬼夜行誌【校靈卷】/ 阿慢 著；
-- 初版 . – 臺北市 : 時報文化 , 2020.08-
面；　公分 . -- (FUN ; 073)

ISBN 978-957-13-8248-7 (平裝)
857.63　　109008249

ISBN 978-957-13-8248-7
Printed in Taiwan

※ 自殺不能解決問題。若需諮商或相關協助可撥安心專線：1925 ／張老師專線：1980 ／生命線專線：1995。